HUAI SHANG
QINGQING CAO

淮上青青草

时代出版传媒股份有限公司
安徽文艺出版社

武永军◎著

武永军，1953年11月出生于蚌埠市。1970年8月作为知青下放到安徽省泗县霸王城（村）。1972年12月参军，为黑龙江省军区大庆驻军战士。1976年退伍回蚌埠市，在工厂当工人。1993年通过全国律师资格考试，从事专职律师工作至今，现为安徽皖中律师事务所合伙人、律师。

中国致公党党员，蚌埠市法学会会员，蚌埠市作家协会会员，省、市两级硬笔书法家协会会员。1970年以来，作品陆续见诸报纸、杂志、新媒体，获得不同奖项。

HUAI SHANG
QINGQING CAO

淮上青青草

武永军 ◎ 著

安徽文艺出版社
时代出版传媒股份有限公司

图书在版编目（CIP）数据

淮上青青草/武永军著.—合肥：安徽文艺出版社,2022.5
ISBN 978-7-5396-6652-5

Ⅰ.①淮… Ⅱ.①武… Ⅲ.①诗集－中国－当代②散文集－中国－当代 Ⅳ.①I217.2

中国版本图书馆CIP数据核字(2022)第049459号

出 版 人：姚　巍
责任编辑：张妍妍　　　　　　装帧设计：张诚鑫

出版发行：安徽文艺出版社　　www.awpub.com
地　　址：合肥市翡翠路1118号　　邮政编码：230071
营 销 部：(0551)63533889
印　　制：安徽新华印刷股份有限公司　　(0551)65859551

开本：700×1000　1/16　印张：11.75　字数：150千字
版次：2022年5月第1版
印次：2022年5月第1次印刷
定价：40.00元

（如发现印装质量问题，影响阅读，请与出版社联系调换）
版权所有，侵权必究

作者大外孙女徐武铉1

作者(后排右一)和家人

作者习武图 1

作者大外孙女徐武铉 2

作者习武图 2　　　　　　　　　作者和妻子与大外孙女

作者(后排左二)和家人

作者和母亲、妻子、女儿

作者硬笔书法

作者爱人王玉兰在淮河大堤

作者朗诵作品

战友聚会

作者父亲(右)和岳父

在泗县霸王城

作者在普陀山

作者与女儿武珺同时受聘为法律顾问

作者的大外孙女

作者在大庆油田

作者爱人王玉兰(乡村教师)

徐武铉画作

战友合影

作者女婿徐飞恒和外孙女

作者女儿和小外孙女

作者小外孙女徐武玥

作者一家

目 录
MULU

诗歌

003 / 淮上出渔

004 / 榴花

005 / 心中向导是"讲话"

007 / 军民赛诗会

009 / 春耕歌声

011 / 火车追着喜讯跑

012 / 新年晚会

015 / 八亿人向科学高峰劲攀

017 / 成人高考

019 / 园丁颂

021 / 即兴而赋

022 / 问鱼

023 / 听鸟

024 / 桂花酒香飘云天

028 / 毛主席是咱大救星

029 / 眺望毛主席纪念堂

031 / 淮河的怀念

034 / 悼逝人

036 / 心愿

037 / 饱蘸淮水写新歌

038 / 客乡秋

039 / 霸王城清明

040 / 知青生涯

042 / 霸王城观夜

043 / 回城探亲

044 / 柿林

045 / 村雪

046 / 夜吟

047 / 摆渡

048 / 思亲

049 / 题菊花

050 / 小溪吟

051 / 送战友李心库

052 / 行经都江堰

053 / 南京开庭

054 / 谒垓下遗址

055 / 大别山之恋

056 / 舟山行

057 / 火车行

058 / 老年合唱队

060 / 静夜思

061 / 新屋赋

062 / 盆栽

063 / 红梅

064 / 有感偶发

065 / 郊行纪事

066 / 市区禁鸣

067 / 得失感赋

068 / 躬身谏言

069 / 新版造田

070 / 花甲书童

071 / 湖畔偶成

072 / 秋秸花

073 / 芦荡遐思

074 / 帐竿竹

075 / 端午随笔

076 / 晨练

077 / 晨练赋

078 / 夹竹桃

079 / 咏落叶

080 / 我站在自家窗口

082 / 疫情期间，宅家也是做贡献

084 / 封闭小区众生相（组诗）

087 / 惊天巨变四十年

091 / 晨趣

092 / 秋之短笛（组诗）

散文

097 / 珍珠城的礼赞

098 / 榴花情

099 / 幸福家庭的卫士

100 / 绿荫

101 / 工厂卫士

102 / 郊行日志

105 / 祖孙三代人的律师梦

108 / 防汛旧事

110 / 一位律师的作家情怀

120 / 我曾下放的那个地方

130 / 蚌埠：萦绕在淮河大堤上的家乡情结

137 / 写在路上

143 / 漫漫求索路　苦寒香自生

附录

153 / 依法分割遗产　法官律师释法说理
　　　彰显骨肉亲情　兄弟姐妹皆大欢喜

159 / 打掉一个制售假牛肉团伙
　　　惊破几多受雇佣民工梦魇

164 / 好心帮忙　遭遇借钱不还人
　　　非法拘禁　落得一朝陷囹圄

170 / 荆山嶔崟　花开时节上演全武行
　　　高墙萧瑟　落英缤纷痛彻慈母心

177 / 遇拆迁一夜暴富　得来全不费功夫
　　　入迷途沧海桑田　财尽人散铁窗苦

诗 歌

淮上出渔

帆影从白云间飞出，
将深情的希望携裹；
网浮组成的散兵线，
把醉心的丰收捕获……

双桨搅动五彩的水雾，
竹篙拽起清甜的渔歌；
船头逗开千层笑纹，
舵尾拖出一河酒窝……

（1981年12月8日）

榴　花

你把殷红的朝霞，
搂抱在如火的怀中；
你用鲜花垒起的山峦，
渗透了十里香风……

是把颜料倾入淮水？
将飞掠的白帆染红；
是榴花也能酿酒？
石径上游人醉意正浓……

（1982 年 6 月 15 日）

心中向导是"讲话"

手提片箱肩扛架,
歌声铺开满天霞。
放映队员踏征途,
红旗飞舞遍天涯。

三伏炎夏顶烈日,
数九隆冬披雪花。
大兴安岭上留足迹,
乌苏里江畔汗水洒。

千尺飞流挽手过,
万丈深涧纵身跨。
条条道路通北京,
心中向导是"讲话"。

麦海同挥丰收镰,
场边支起放映架。

《沙家浜》鱼水情谊深,
军民团结守边卡。

(1974年)

军民赛诗会

扬起柳絮当空舞，
片片梨花九天坠。
群山侧耳江涛止：
好热闹的军民赛诗会！

矿灯聚焦巷子口，
军衣工装倍整齐。
阵阵掌声赛爆竹，
南蛮北侉大杂烩。

红太阳光辉暖无比，
百里矿山沐朝晖。
子弟兵支援一线下矿井，
煤流涌起捷报飞……

基本路线引航程，
人民群众把咱哺育。

——脚步咚咚走上台，
连长心中热血沸。

笑声响，掌声脆，
矿工嫂高诵《一缸水》。
唱起《矿山"沙妈妈"》，
九班长满目盈热泪。

理论骨干声更脆，
《老矿长领咱登山头不回》。
《送弹药》《退鸡子》，
《军民并肩守边陲》……

像呼啸的兴安松涛，
似奔腾的松花江水。
军民同唱胜利歌，
齐咏北疆大地美。

扬起柳絮当空舞，
片片梨花九天坠。
军民团结如一人，
万首诗颂鱼水情……

（1975年2月）

春耕歌声

透过嫩柳的绿帐，
穿越新渠的银网，
春风送出十里歌，
公社大田耕种忙。

《论十大关系》像太阳，
主席重要讲话暖心房。
老支书扶犁高唱"学大寨"，
社员们心头春潮涨。

春燕飞绕扁担尖，
担肥姑娘歌声朗。
抓纲治国批"四害"，
今年定能多打粮……

循声正问谁唱歌，
小伙子扛良种已过岗。

男女老少放歌喉：
让大寨红花遍地开放。

子弟兵开进"南泥湾"，
"解放区的歌……"飞出嗓；
支农工人情谊长，
歌声飘着机油香……

透过嫩柳的绿帐，
穿过新渠的银网，
传来歌声寄深情：
领袖领咱打胜仗！

(1977年3月26日)

火车追着喜讯跑

红旗猎猎战鼓敲，
汽笛声声冲云霄。
铁路工人学大庆，
火车追着喜讯跑。

（1977年8月26日）

新年晚会

当繁星缀满夜幕,
束束爆竹点燃,
工厂里开起新年晚会,
欢歌阵阵笑语喧。
载歌载舞欢庆胜利,
笑逐颜开喜迎新年。

"抓纲治国初见成效"的横匾,
在捷报的汪洋中异样斑斓。
"四个现代化"的宏伟蓝图,
刻在人们如火的心间……

甜丝丝的"珍珠饴"请新能手,
热腾腾的"祁红"茶敬老模范。
生产的捷报化作满肚子歌……
台上台下春意盎然。

技术员整衣走出观众席,
深情吟咏"攻城不怕坚……"
李大姐多年未唱泗州戏,
你听那音调多么婉转……

小伙子急脱工装搭椅背,
大声自报:皮影戏开演!
孙悟空痛打白骨精,
玉宇澄妖三战正酣……

小兰子歌犹未起两颊红,
"绣金匾"出嗓似涌泉;
新婚夫妻含情笑对望,
双双歌起蜜一般甜……

"新的一年我们怎样度过?"
"安徽琴书"又续上弦。
"三大纪律……"飞出众人口,
紧跟党中央再把高峰攀……

淮北小调伴着江南秧歌,
家乡的歌舞表不尽心愿。
齐声歌唱党中央呵,
颂歌曲曲响彻云天……

当锤声震落一天繁星，
歌声唱来霞光灿烂，
快打开火红的新日历，
张张化作捷报飞满天……

（1977 年 12 月 21 日）

八亿人向科学高峰劲攀

刚下班,一头扎进屋,
翻起"数理化"心潮卷。
仰望书桌前的慈祥彩像,
说不尽心中千般甜。

党中央发出向科学进军令,
八亿人只争朝夕战犹酣。
每每班后凭书桌,
止不住热泪沾衣衫……

读"马列",暗中攥紧铁拳,
学科学,勇闯重重难关。
在又红又专的道路上,
饱蘸热血,为革命写春天……

喜今朝,东流毕竟走青山,
火燎飞蛾,螳臂巨轮下碾……

革命洪流卷起心中春潮，
添一笔金彩尽染未来画卷。

刚下班，埋头苦钻研，
手捧书本激情似火燃。
党中央给咱回天力，
千军万马向科学高峰劲攀。

（1977年11月15日）

成人高考

车间里的马达轰鸣,
唱多少革新成功的欢欣;
长夜里的书桌灯影,
蕴多少攻关破难的深情。

而今,你又在伏案沉思,
对着临窗皓月、一天繁星……
祖国期待我们这些年轻人,
擎红旗,去攀登科学峰顶。

好啊,文化考试,择优录取,
激励了多少颗年轻的心!
广开才路,社会主义的千山红遍,
快出人才,为共产主义奠基。

而今,你在刻苦钻研,
对着每一道基础题,

用年轻的心灵、青春的智慧，
在思考，在沉吟……

在知识的海洋里沉浮，
向科学的蓝天上飞行。
夜风启开智慧的心扉，
灯光辉映勤勉的身影。

而今，你一颗红心两种准备，
愿以火样的激情入校学习，
也愿用百倍的干劲坚守岗位，
听党安排，任党分配……

此刻，你撩起窗帘，
千家万户灯未熄。
多少有志青年齐踊跃，
迎接成考，孜孜不倦在复习……

（1977年11月15日）

园丁颂

飘游的乌云早已驱散，
美丽的朝霞泻满心房；
园丁伴着太阳早起，
最先沐浴着阳光。

吮吸乳汁般的甘露，
心里充满了无穷力量；
在春风的爱抚中，
铭记住人民的希望。

绵绵春雨是园丁的心血，
滋润幼苗拔节生长；
累累硕果是收获的季节，
辛勤劳动把欣慰深藏。

深夜备课请明月做伴，
问询一张张熟悉的脸庞；

打开作业和学生攀谈，
面对一道道求知目光……

黑板上白色的粉笔字，
写在多少如饥似渴的心上；
课堂上的话语千斤重，
亲切的教导余音绕梁。

引向知识的海洋里浮游，
领上科学的蓝天中飞翔。
"四个现代化"的宏伟大厦，
急待启用大批栋梁。

晨曦里的琅琅书声，
叩开多少智慧的心窗；
忠诚于党的教育事业，
为时代谱写深情的诗章。

当东方的旭日染红朝霞，
我们把园丁尽情歌唱；
这歌声像美酒一样醉人，
送来了校园里百花的芳香……

（1978年5月4日）

即兴而赋
——欣贺女儿武珺通过2006年国家司法考试

金标银键敲彩屏，
中心网站传佳讯。
登峰攀阶三六九，
蓦然回首过关津。
十年寒窗五应试，
一步登天犹梦境。
往事不堪从头忆，
可怜牵魂到如今。
女儿笑脸赛芙蓉，
父母喜泪沾双鬓。
吾今宝刀尚未老，
更有后人挂长缨。
金榜题名成正果，
山高水远撷真经。
从此金光大道开，
春风得意朝天吟。

（2007年10月）

问　鱼

花溪草间水潺潺，
日暖柳曳卵孵开。
今朝摇头摆尾去，
可知身从何处来？

（2007 年 10 月）

听 鸟

昔陷囹圄歌长恨，
今开笼门挥不去。
隔栅犹唱天地久，
只缘未报投饵情。

（2007年10月）

桂花酒香飘云天

——纪念毛主席逝世一周年

银河啊,为何如此斑斓?
繁星啊,为何如此璀璨?
中天啊,为何如此通明?
江河啊,为何如此澎湃?

天宫设宴,天宫设宴,
铺下果蔬百里,夜空异香传……

踏着浏阳河上的云朵,
走过延安的宝塔山,
啊,那是吴刚,那是吴刚,
捧来桂花美酒一坛坛……

万里长空且为忠魂舞,
滔滔银河更显北斗灿。
啊,那是嫦娥,那是嫦娥,
轻舒广袖舞翩跹……

不是泪水模糊双眼,
不是相思迷了心田,
今晚,我确实看到了
这样的一幅场面……

北斗星座上的毛主席,
高大魁伟,红光满面;
敬爱的烈士杨开慧,
就在毛主席的身边。

她接过吴刚捧来的酒,
把毛主席的酒杯斟满。
她伴着嫦娥的舞步,
向毛主席表达深情的夙愿。

历史的长河雄伟壮阔,
古老的民族勤劳勇敢。
中华儿女刻骨铭记,
一年前的今天……

一九七六年九月九日,
这举国悲恸的一天。
毛主席逝世的噩耗,

顿使青山肃立,江河呜咽。

此时,"四害"横行灾情重,
电闪雷鸣,乌云翻转。
怒火烧不干悲愤的泪水,
泪水也浇不灭心中的火焰。

铺天盖地硝烟起,
党中央把妖魔斩。
继往开来的"十一大"圆满,
鲜艳的旗帜飘扬彩虹间。
铺开"四个现代化"的蓝图,
祖国日新月异飞速发展。

毛主席啊,毛主席,
这三百六十五个白日夜晚,
我们无时无刻不把你怀念,
我们用胜利向你表达心愿。

吴刚啊,捧美酒,步莫停,
嫦娥啊,舒广袖,舞更欢。
请杨开慧烈士代表我们,
把毛主席的酒杯斟满……

今天又是一个九月九日，
毛主席离开我们整整一年。
我们站在淮河长堤上，
参加了这场天宫盛宴……

（1977年9月9日）

毛主席是咱大救星

韶山红日暖人心，
毛主席是咱大救星。
淮河流水深千尺，
深不过想念恩人情。

（1977年12月27日）

眺望毛主席纪念堂
——写在毛主席126周年诞辰

十里金风十里垂杨,
十里长堤十里星光。
伴着滔滔东流的淮河水,
我把毛主席纪念堂眺望……

在北斗星的方向,
在灯塔闪烁的地方,
巍峨庄严的纪念堂,
矗立在淮河儿女的心坎上……

鲜花铺地,松柏围墙,
心中的大厦映朝阳。
金色牌匾高悬于彩云中,
"毛主席纪念堂"中天镶。

四十四根廊柱擎天立,
琉璃飞檐横起七彩虹(jiàng),

汉白玉栏杆砌银辉，
枣红色台阶染霞光。

南北大厅万古比日月，
瞻仰厅寄赋哀思长……
泪洒花丛向慈颜，
毛主席的遗容多么安详……

十里浪花十里捷报，
十里长堤十里诗行。
伴着淮河的十里歌潮，
我把毛主席纪念堂眺望……

（2019年12月26日）

淮河的怀念

——写在周总理逝世两周年

当瑞雪飞洒漫天捷报，
新年的爆竹刚把喜讯送传。
千里淮河，片片梨花铺长堤；
辽阔中原，纷纷柳絮思情牵……

一月八日，这铭刻心底的一天，
心潮伴着东逝的流水翻卷——
淮河的人民谁也不说，
周总理离开我们已经两年……

然而，淮河有着她深切的怀念，
——从白发老人，到红领巾少年……
见多少泪洒披雪的衣襟，
听多少深情的呼唤……

祖孙三代的码头工人，
一家人肃立在淮河岸边。

捧起一面夺目的锦旗,
映红了淮河的万顷波澜……

此刻,人们的滔滔话语,
像潮水般涌出心田:
又一年了,抓纲治国的捷报飞满天,
周总理呵,你可曾见这纷纷扬扬的雪片……

自从领袖拨正历史的航船,
淮河金浪送走多少奏捷的征帆。
一朵朵浪花化作一首首凯歌,
一串串碧波寄托着无尽的怀念。

淮河养育的英雄儿女,
满捧河水双手颤:
周总理,再喝一口家乡的水吧,
人亲,这水又该有多甜……

千古长流永不枯竭,
您的心血注进了幸福的源泉。
喝一口淮河水豪情增,
听一声淮河涛干劲添。

放心吧,总理!

您的人民懂得用胜利把您纪念。
实现"四个现代化"指日可待，
那时，请您参加淮河边上盛大的庆典！

（1978年1月10日）

悼逝人

知君除夕在故土，
父老欢饮醉乡俗。
知君举手笑欲遁，
河滩风凉莫自出。

念君棋高胜运筹，
博学广识知今古。
念君勤学费自专，
德才兼备贯斗牛。

忆君留客常留我，
机缘相投君不愁。
忆君邀我尝新鲜，
无花结果质洁朴。

怨君不辞无声行，
旧情留下已知心。

盼君归来已无期，
新柳垂地把君思。

慰君此去莫担忧，
晴日春照栋梁木。
祝君此去尽遂心，
金光衣锦亮霄九。

君今除夕在故土，
欲邀对饮隔长途。
君今与谁论是非，
欲邀守岁话源头。

知君除夕在故土，
亲友欢聚应无忧。
知君除夕兴致浓，
躬身敬君三杯酒。

（1978年除夕）

心　愿

父亲临老念叨：
我要走在你娘头里，
免得遭罪受罪。
那年，父亲默默走了；
不久，娘也跟了去。

如今我也将老，
一天天临近归期。
只求我先走后，
妻子长寿百岁，
能将我的关爱延续。

（2020 年 12 月 12 日）

饱蘸淮水写新歌

饱蘸淮水写新歌，
裁剪祥云作捷报。
迎接党的"十二大"，
珠城处处涌春潮。

（1982年9月1日）

淮上青青草

客乡秋

一条长渠棘丛过，
两岸宽堤堪绵邈。
赤山人尽雁声绝，
潼河舟隐薄雾锁。

风吹荒草田埂舞，
邻村远近现轮廓。
茅屋檐下倚门槛，
日暮偶见黑羽鸟。

（1971年11月）

霸王城清明

欸乃一声古城绿,
石梁河畔春意浓。
苞映碧水见柳翠,
蕾绽老树吐桃红。
田埂野花争妍开,
阡陌嫩草渐成丛。
百鸟戏谑燕衔泥,
溪头芦荡蛙声隆。

(1971年4月5日)

知青生涯

汤汤淮河之水，
愤怒而傲慢；
粼粼石梁河波，
默泻而不喧。

流水上的岁月之舟，
不在颓废中搁浅；
年轻就是生命中的春季，
不在懊丧中倒春寒。

难舍的学生时代，
还在燃烧着心田；
眼泪浇不灭心火，
心火也不能把眼泪烧干。

劲松挺拔在峭岩，
雄鹰翱翔在蓝天。

莫嫉妒春园杨柳的娇姿,
不听取檐下蝙蝠的谗言。

丢弃思亲与杂念,
压抑住躁动情感,
切莫要傲然自若,
行路须步履稳健。

永军呵,亲爱的朋友,
生活就像一片汪洋大海,
意志坚强定能到达彼岸!

(1971年5月)

霸王城观夜

昏暗苍穹疾风啸,
沟满河平水滔滔。
乌云再作倾盆雨,
九霄之水欲尽抛。
雨停黄昏火烧云,
皎皎明月当空照。
月光如水水如天,
雾来遮月夜静杳。

(1971年6月7日)

回城探亲

阁楼风雨晚,
凉风入窗帘。
明日归农舍,
家今成梁园。
临别暗洒泪,
欲语却哽咽。

(1971年7月)

柿　林

寥秋入柿林，
欲遣不称心。
灯笼一树挂，
柿柿如意境。

（1971年9月17日）

村　雪

河湾舟侧寒冰薄，
天地一色雪花飘。
村头蜡梅谁家种？
暗香不散炊烟袅。

（1971年12月22日）

夜 吟

暮云接落日，
夕阳映雪原。
月出光如水，
夜长寒冷天。
油尽灯灭后，
薄裘久难眠。
晨雾锁阡陌，
几时朝霞展？

(1972 年 1 月)

摆 渡

今在小河渡，
船上识月明。
夜初群蛙噪，
水浅独怜影。
鹊飞说当眠，
鸡鸣言须惊。
竹篙撑朝霞，
双桨画晚景。

（1972年5月）

思 亲

霸王城垛鹊鸣，
石梁河水潋滟。
坡上人家韭花开，
舟转湾头忽见。

阔岸斜柳婆娑，
弄桨流连忘返。
离家算来三月余，
亲人朦胧影现。

（1972年5月）

题菊花

独立寒月中,
孤生野草畦。
红蕾衔白露,
碧叶结霜花。
蜂易采春蜜,
蝶难伴秋华。
青帝若有情,
将移桃李下。

(1972 年 11 月)

小溪吟

农闲串知青,
他乡遇溪流。
投石入水去,
溅起几波愁。

小溪归大海,
日夜不停留。
心随溪水去,
浪迹天涯走。

(1972年1月17日)

送战友李心库

秋风解甲衣,
猎猎满别情。
昔谱同心曲,
永唱连心歌。

(1974年9月)

行经都江堰

战国李冰蜀郡守，
二王庙尊犹凛然。
三丈竹笼箍卵石，
投入波涛筑大堰。
天工巧凿宝瓶口，
神斧劲劈玉垒山。
飞沙堰溢岷江水，
都江鱼嘴衔丰年。

（2009 年）

南京开庭

天命增年赴金陵，
玄武湖畔候返行。
环水高楼裹云彩，
绕岛画舫泊绿荫。
晚暮垂钓非渔家，
仲夏争讼昭公平。
六朝古都作揖别，
江南塞北总是情。

（2009 年）

淮上青青草

谒垓下遗址[①]

楚汉争雄古战场,
雁栖鹭隐瞰炊烟。
浣发池侧榆抱桑[②],
张良箫里虞姬怨[③]。
秦时瓦砾俯首拾,
村姑闲撷垒猪圈。
护城河浅芦花飞,
至今项羽魂不散。

注:①今固镇县濠城乡境内。②浣发池:虞姬浣发池。榆抱桑:榆喻虞姬,桑喻项羽。相传项羽泣吊虞姬自刎处,生榆桑连理树,枝木缠抱。③霸王城内张良吹箫台。

(2007年10月20日)

大别山之恋

青青竹海浪千尺，
白鹭阵头路九盘。
"律协"普法组建制，
攀岩踏露到寨前。
三面松峦围讲座，
一崖飞瀑垂幕帘。
当年插队知青妞，
专家释法语潺潺。
弃耕还林草木茂，
猎户转行保护站。
天生珍馐天上无，
硕果坠枝红满山。
人民养育法律人，
山鸟哺母不思返。
淳朴民风最难忘，
掬捧山泉透心甜。

（2008年6月）

舟山行

东方渔都沈家门，
海天佛国普陀山。
鉴真东渡初起锚，
郑和西行复扬帆。
跨海桥隅沙雕城，
牵魂画中桃花源。
世外群岛乃净土，
凡人生活赛神仙。

（2009 年）

火车行

五月讼事下江南，
十六月圆千里搀。
邻铺娇女夜拾被，
口称大爷泪潸然。
晨曦渐露山叠翠，
日月同映河中天。
人生自古谁无老？
留驻真情耀宇寰。

(2009 年)

老年合唱队

在那柳林婀娜的岸边，
母亲河默默流淌年复一年；
才在晨曦里酣畅沐浴，
又裹携晚霞三五搭伴。

集合喽，开场喽，快站成一排，
不再年轻的朋友莫步履稍慢；
笛子二胡口琴腰鼓，次第登场，
吹拉敲打轻歌曼舞，欢声喧天。

踩着老曲调去找逝去的岁月，
牵起手来一起重新扬起风帆；
走进那个激情燃烧的时代，
唱响人生如火如荼的诗篇。

淮河边《妈妈教给我一支歌》，
卫星上《东方红》旋律震宇寰；

两代人聆听《春天的故事》,
红歌如魂似甘露颐养天年。

在那歌舞升平的地方,
有一支合唱队灿若群仙;
只因为把好日子唱起来过,
虽饱经沧桑却鹤发童颜。

(2009年5月)

静夜思

花甲惜春归,
折枝仍留香。
学问无迟早,
老谷犹可酿。

（2018 年 8 月 11 日）

新屋赋

朝听林鸟啼，
暮枕龙湖涛。
飞禽窥餐台，
波光耀书桌。
家入山水画，
人正乐逍遥。
诗酒日月长，
新屋堪比陶。

（2017年9月）

盆　栽

一年心血开一季，
妍到极致疑作假。
须知养花先养性，
春播秋耘本无瑕。

（2014年2月17日）

红　梅

疏影横斜皆诗境，
暗香浮动画中无。
粉蝶不知终悔恨，
遍寻众芳在歧途。

（2017 年 2 月 17 日）

有感偶发

非因旅游下余杭，
不为官差不为商。
花甲又四仍在途，
不惹官司上公堂。

（2017年8月2日）

郊行纪事

假日出游农家乐，
大田拾豆妻女忙。
秋云虽美变化快，
毛毛细雨湿衣裳。

（2009 年）

市区禁鸣

雄鸡昨夜入城市，
一鸣惊人十里闻。
今遭杀戮魂归乡，
始知罪因扰人梦。

（2009年）

得失感赋

半老相携访旧地，
琼楼玉阁迷方向。
儿时陋巷寻不见，
无处再玩捉迷藏。

（2009 年）

躬身谏言

公交高峰人如潮,
谁家翁媪亦撑早?
晚生当值点卯急,
前辈能避一站否?

(2009 年)

新版造田

刈草种菜细耕作，
收获间茬地荒芜。
小区胜境随尘去，
几家欢喜几家愁。

（2009 年）

花甲书童

白发携孙过闹市，
肩挎书包上学堂。
车水马龙隙缝里，
朝暮最见此情长。

（2009年）

湖畔偶成

白蝶访黄花，
晨露润新画。
小径独流连，
龙湖沐朝霞。

（2020年5月21日）

秫秸花[1]

小时候
母亲回老家
从姥姥家带回种子
栽在我家窗台下
花开得好美啊

很久了
母亲去了天堂
长陪姥姥不回家
今又见秫秸花
想姥姥　更想妈妈

注：①秫秸花：学名蜀葵。

（2020年5月27日）

芦荡遐思

又见芦苇荡，
想起《沙家浜》。
阿庆嫂在吗？
春来茶馆可开张？

想邀三五好友，
去品茗拜访。
常熟城街名改否？
红石村可变模样？

（2020年5月28日）

帐竿竹

扎根路边沃土松,
囿于铁板窄圆孔。
出身虽为天注定,
一样插入云霄中。

(2020年6月3日)

端午随笔

晨起稚童撞蛋网，
阖家午时品雄黄。
湖畔菖蒲隐柳下，
几束艾草插门廊。
汨罗江锁屈原魂，
《离骚》千载仍流芳。
年年端午今又至，
神州处处苇粽香。

（2020年6月5日）

晨　练

搀就晨曦走湖东，

红白花开微雨中。

鱼跃三尺衔垂柳，

人近七旬若稚童。

（2020 年 10 月 30 日）

晨练赋

塔顶筑巢花喜鹊,
石窟隐身猫头鹰。
糟糠夫妻共晨练,
殷殷天地山水情。

(2018年8月9日)

夹竹桃

夹竹桃花湖边开，
一片殷红一片白。
殷红如霞白如玉，
游人驻足尽释怀。

（2020年5月23日）

咏落叶

曾经我们风华正茂，
在花枝招展的日子里。
秋风把我们拽下来，
参加大地上的典礼。

（2020 年 11 月 25 日）

我站在自家窗口

我站在自家窗口，
眺望窗外景色良久。
马路上没有了往日的喧嚣，
红绿灯下不见了车水马龙。

新型冠状病毒突袭华夏大地，
病毒持续肆虐神州。
党中央一声决战令下，
举国投入没有硝烟的战斗。

隔离封闭，全国防控，
十四亿中国人气势恢宏。
众志成城，万众一心，
驰援疫区，举国情系江城。

四面八方援鄂急，
五湖四海伸援手，

白衣战士逆行向急难,
子弟兵临危不惧打冲锋……

为防疫情再扩散,
万家千户应闭门守家中,
戴口罩也少出门,
出门回来必洗手……

我站在自家窗口,
眺望五千年文明神州,
坚信天曜中华,战"疫"必胜!
明媚的春天正在加快脚步……

(2020年2月1日)

疫情期间，宅家也是做贡献

晴天霹雳，
春节期间暴发新冠肺炎。
党中央英明决策，
全国总动员。

严控疫情发展，
阻止病毒扩散。
党政军民齐上阵，
誓师打赢攻坚战。

见多少白衣天使，
逆向而行驰一线。
听多少子弟兵脚步，
冲向危险最前沿。

口罩、手套、护目镜……
武汉告急，举国齐支援。

社区村落共联防，
不让病毒再传染。

春运返潮在即，
疫情未见拐点。
形势十分严峻，
每一个人都不可茫然。

政府发布公告，
隔离封闭社区庭院。
这是阻断传播的有效措施，
每一个人都不能违反！

中华文明博大精深，
十四亿儿女勤劳勇敢，
团结起来我们众志成城，
绝没有过不去的坎。

感恩防疫一线的同胞，
我们不出门就是不添乱。
因为我们深知：
疫情期间，宅家也是做贡献。

（2020年2月3日）

封闭小区众生相（组诗）

网格员

医用口罩遮不住你的美丽，
眉毛下的大眼睛熠熠发光。
每当你的身影出现在小区，
每个人的心中就充满能量……

啊，我们的网格员，
你就是咱小区的党代表，
把无微不至的关怀，
填满每一孔方格、每一扇心窗……

志愿者

征召志愿者一声令下，
你义无反顾跑去争抢。
搬菜，分拣，送物品上门，
看守楼道口，你和守疆的哨兵一样。

邻里情，情系千家万户；
报国志，志在抗"疫"战场。
危难时刻方显英雄本色，
一言一行写在功劳簿上……

送货司机

红绿灯下，该停还停，
一路上车喇叭没响。
穿越空无一人的城市道路，
送去生活物资，也送上希望……

宅家的居民

太阳悄悄地照进来，
屋子里洒满阳光。
雪后初霁的窗外景色，
驰骋放飞的遐想。

新鲜食材码放于厨房中，
学习材料摊开在书桌上，
衣食无忧阖家乐融融，
亲情绵绵叙家常……

疫情危急听党话，
安心宅家莫彷徨。

且看众志成城战疫情，

笑迎胜利新曙光……

（2020年2月16日）

惊天巨变四十年

华夏儿女十数亿,东方古国五千年。
历史辉煌立寰宇,敢叫日月换新天。
四十年前春雷动,三中全会开鸿篇。
改天换地今胜昔,改革开放神州变。
一日千里神速度,万水千山等闲看。
遥忆去日难回首,往事历历到眼前。
百废待兴曾几时,国民经济滞不前。
农民兄弟劲不足,村村吃着大锅饭。
红芋轱辘就咸菜,出工干活还偷懒。
下田哨子吹得响,松松散散挪步慢。
岁末分粮凑温饱,到手没有几个钱。
工业建设跟不上,企业效益难发展。
工人工资涨得慢,谁肯出力去蛮干?
迟到早退开病假,人人都把福利赚。
产品没有竞争力,市场滞销回笼慢。
城市建设老模样,小街陋巷路不宽。
下雨泥泞马路滑,公交汽车没几站。

出门骑辆自行车，哪盖高楼撑去看。
自来水要排队接，点灯按瓦摊算钱。
走趟亲戚不容易，步行搭车又坐船。
长途电话要预约，电报最快一天半。
广播喇叭听评书，彩色电视蹭门看。
文化生活欠丰富，宣传教育太古板。
教育资源更匮乏，上个大学不简单。
地大物博大中华，发展岂能落后边？
时代伟人邓小平，高瞻远瞩看得远。
拨乱反正除旧痼，力挽狂澜绘新篇。
实事求是立目标，改革开放求发展。
总设计师画蓝图，万里扬帆奔向前。
安徽凤阳小岗村，率先推出大包干。
昔日吃粮靠返销，几近家家去讨饭。
生产队长严俊昌，茅草屋里聚众贤。
生死契约字千钧，分田到户搞单干。
保证交足公粮在，不向国家要粮钱。
惊天壮举今宵做，坐牢杀头心也甘。
从此掀起改革潮，中华大地粮仓满。
中国工业改体制，融入全球分工圈。
把握时机循序进，与时俱进创新先。
科学技术大迈进，赶超世界新前沿。
大刀阔斧裁军队，精锐雄狮大操演。
国防建设现代化，海上有了发言权。

国际地位大提升，威名威信天下传。
日新月异大变样，神州处处展新颜。
千姿百态新农村，昔日土屋成稀罕。
耕种实现机械化，牛马驴骡找不见。
水泥道路村村通，轿车开进农家院。
而今又换红本本，土地承包再确权。
追求效益最大化，土地可耕可流转。
广阔天地美如画，万家农户笑开颜。
城市建设更惊人，飞跃发展目已眩。
条条大道宽又广，幢幢高楼可参天。
地铁轻轨纵横网，高速公路城乡连。
动车速度惊魂魄，万水千山不算远。
旅游一站又一站，世界美景要逛完。
高档轿车到处是，哈啰步行挺方便。
液晶电视多看够，智能手机老少玩。
人人都用互联网，科学普及促发展。
巨量资料大数据，各行各业神威显。
雄才大略总书记，造福人民幸福满。
不忘初心理国事，深化改革涉险滩。
从严治吏立纲常，反腐倡廉铁手腕。
党建民生不缺席，不辞辛劳搞调研。
田间地头农家舍，社区里弄都走遍。
为了实现中国梦，鞠躬尽瘁绘新篇。
党有希望国运兴，幸福生活更美满。

回顾改革四十年,丰功伟绩说不完。
沧海桑田日月辉,华夏昌盛万万年。

(2018年10月16日)

晨 趣

龙子湖畔青草地,爷孙溜鸟傍翠微。
枝头鹦鹉喳喳叫,山果树侧姊呼妹。

(2021 年 2 月)

秋之短笛（组诗）

桂

清晨在晨曦中漫步，
忽地一阵香甜的风吹过，
呀，金桂开了，
又闻到了秋天的味道。

莲

铺满碧叶的池塘，
绽开了数不过来的莲花，
蓝天白云下缀着红黄白紫……
这时偶尔走过的你，
瞬间被定格入了画。

菊

是谁把碎金子撒满沟坎，
一路可见盛开的野菊花。

久违的菊香勾起我童年的回忆，
禁不住花海冲浪撷一束捧回家。

稻

畦畦见方摞一长溜画框，
穗穗低垂沁天地间馨香。
田蛙呱呱齐奏丰收的鼓乐，
云雀吱吱高歌庄户的欢畅……

（2022 年 3 月）

散　文

珍珠城的礼赞

摘去明月的桂冠,抖落睡衣上的银星,理一理千里长淮的垂带,披上朝霞浮动的征甲。啊,早起的珍珠城,铺天盖地的战旗映照着你青春火红的年华……

还记得年终庆功会上,佩在你滚烫心房的红花?你说,这是一团炽热的火,烧沸你周身的血液,并把凛冽的隆冬融化……

此刻,钟声四起,马达欢唱。十里长街,车水马龙,出征的队伍正进发……哦,珍珠城,在祖国的舰队中,你是一艘马力强劲的战舰;在向"四化"进军的高速列车上,你是一节满载捷报的车厢;在又一个姹紫嫣红的春天里,你是一位美丽的少女,正饱蘸浓墨把深情描画……

(1982 年 2 月 2 日)

榴花情

　　花是美的,她给人以美的享受和追求。有人喜欢牡丹,有人喜欢杜鹃……然而,在姹紫嫣红的花木中,唯有那业余学校窗前盛开得如火如霞的石榴花,使我如痴如醉、梦绕魂牵……

　　我爱榴花,因为每当月夕花晨,她在知识的百花园中绽开,诱我酿造蜜一般的青春美酒,让情意绵绵的春风把书香和花香掺揉……

　　我爱榴花,因为我深信:当累累硕果坠弯了地平线,丰收美酒把一个季节浸透,那生机盎然、如火如荼的枝头,会仰起笑脸,托捧着甜津津的籽实,深情地把耕耘者慰酬……

　　啊,榴花!你在多少有志青年的心田开花、结果,使我们的时代充满了希冀;从你的英姿里,我窥见了生活的内涵,懂得了爱的真谛,从此更加朝夕奋发,执着追求……

(1983 年 5 月)

幸福家庭的卫士

人流如织,车水马龙,你是指挥千军万马的老帅;扶老携幼,迷途指归,你是慈爱之神的化身;防患未然,化险为夷,你是幸福家庭的卫士……

维持交通秩序的退休职工——我们的"编外交通警"。你虽已华发早逝,每每回忆艰苦创业的岁月,仍雄心勃发,踌躇满志……红枫夕照,老骥伏枥,你胸中揣着一团不熄的火焰;沧桑巨变,华夏振兴,你一往情深地爱我们的祖国、我们的城市、我们的人民!

十里长街十里春潮,十里春潮十里笑语欢声……朝朝暮暮在你心头流淌。早春,你宣传交通法规的声音,像一汪清泉,浸润着万户心田;炎夏,你捧上一杯凉白开水,在过路司机的心头泼下一片清爽;仲秋,你礼貌纠正违章,违章小伙的脸庞羞答答的,像一颗熟透的籽实;寒冬,你脱下自己的皮夹袄,顿使迷路稚童感受到亲人般的温暖……于是,天南地北的人们,从你那灼人的"余热"中,感受到了一颗滚烫的心……

(1984年5月)

绿 荫

盛夏，骄阳似硕大的火盆，悬挂在热浪灼人的空中。倘若负重的人们正在进发的途中挥汗，一片绿荫突然从天而降，她一定会得到由衷的赞许：啊，这沙漠中的绿洲多可爱，这渴望中的甘露透心甜……

于是，人们小憩片刻，裹挟着绿荫的深情，又彼此呼唤着飞奔向前……

不是吗？在建筑工地，年近花甲的党委书记，攀上九层脚手架，把绿豆汤送到学徒工的手中；在熔化炉前，政治指导员把浸湿的毛巾，搭上老炉长的双肩……这不也是片片绿荫吗？于是，炽热中飘逸的朵朵白云，此刻都化成了漫天捷报，似隆冬的瑞雪飘飘扬扬……

啊，我这才真正懂得，人们赞美绿荫，是因为绿荫给人以希望和真情、力量和信念。

(1985年7月)

工厂卫士

晨曦下,暮霭里,每当看到你那矫健的身姿,我总要默默地向你道一声辛苦。

啊,经济民警,企业的卫士!

我们工厂的每一条通道,都连接着你敏感的神经;我们车间的每一件产品,都见证着你心中的温情。

巡逻站哨,你像显微镜前的技师,一丝不苟地搜寻着企业躯体内的毒素;蹲点守候,你是一面张开的恢恢天网,一切魑魅魍魉都难逃制裁。

你是一把窃贼撬不开的金锁,你是一柄戳向犯罪分子魔爪的匕首。

你以周身焕发的光和热,点燃了无私奉献的火炬。

(1988年2月17日)

郊行日志

金风送爽，菊桂飘香。周末放假，携妻女作郊区农家乐小游。时值秋收季节，农村一派忙碌景象。没有导游，全家得以即兴沿机耕小路步入一洼正在收割的黄豆地里。但见银镰起落处，沉甸甸的挂满豆荚的豆棵被齐根斩断，随即被一小垛一小垛地码成堆儿。不远处，有人持三角铁叉将豆棵挑上手扶拖拉机，"突突突"地运到场上，待晾晒后压打脱粒。

不难发现，在刚刚收割过的豆地里，星星点点掉落着一小窝一小窝因熟透爆裂的金灿灿的黄豆粒，间或还有没拣尽的豆荚。按说，这原本不算回事儿。庄稼人抢收抢种忙得邪乎，压根儿顾不了这码事。老一辈人常说，吃进嘴里的饭团还有掉米粒的呢。然而，对于平日要从超市里买回精装小袋儿黄豆包，在家中用豆浆机自制早餐的城里人来说，如同发现了新大陆。惊喜叹惜之余，手便开始发痒，腰便不由自主地弯了下来。一粒、两粒、一小掌窝、一小串豆荚……只消片刻，随着一大把金豆豆被攥在了手掌里，继而又被塞进裤兜里，一种仿佛从没体验过的收获的喜悦，如潮水般涌上心头，美滋滋的，那才叫令人陶醉，令人忘乎所以。

还是我们这些经历过饥饿的人，打心底知道粮食的金贵。下田拾豆、捡麦穗的事，打小经历过，也不算稀罕。不过，必须不是灾荒之年，灾荒年头任哪也没有豆子拾。后来，年景好点了，城里人依然是口粮紧巴，靠粮票还是吃不饱肚皮。于是，每逢夏收秋收季节，大人们便会鼓动孩儿们利用星期天去近郊兜兜。那时学习很轻松，老师布置的星期天作业，周六放学以后，一带劲在半个小时内就能全部完成。第二天，摸黑起个大早，揣上母亲头晚专为咱烙好的面馍馍，还不忘拎瓶用玻璃酒瓶灌装的凉白开水（指定不够喝，但有瓶子就能灌看上去干净的沟塘水喝）。那时，邻家小孩都是一个班的，吆五喝六，结伴而行，徒步地奔了。城里小孩平日里捞不着出远门，上学校又都是几步路远，郊外拾麦拾豆这活可是奉旨官差，钦准并且有赏的，你说惬意不？可是，玩得过瘾也累得够呛。再拙再笨，一天捡个三斤五斤的粮食也不在话下！每趟凯旋，还真有点像全家的功臣一样骄傲，可晕乎咧。儿时郊行场景浮现在眼前，令我陶醉。难得今日一家三口郊游，难得又在大田拾豆，然而今非昔比，可以说是换了人间。女儿在田间快乐地奔跑着，像鸟儿一样自由、幸福。女儿能想见我们的过去吗？我还能在豆子地里捡拾回逝去的岁月吗？

早晨从旅行社乘车出门时，天边还铺满了五颜六色的朝霞，不知哪会子起的清风，悄悄裹挟了毛毛细雨，似雨又似雾，吹在脸上凉凉的、痒痒的。这不，腰累酸了才抬头望天，衣裳淋湿了才悟觉天上下雨了……

为了纪念今天这个久违的郊外拾豆的周末，我在农家乐的饭桌上摊开纸，即兴写了首小诗《郊行日志》附上：

假日出游农家乐，
大田拾豆妻女忙。
秋云虽美变化快，
毛毛细雨湿衣裳。

（2008年10月10日）

祖孙三代人的律师梦

一转眼,迎来了新中国成立七十周年的华诞。我想,此时此刻,在各自不同岗位上的人们,都会有很多话要说。

我是出生在20世纪50年代的人,用当时时髦的话说,叫生在新社会,长在红旗下。在经历了祖国从一穷二白到日益强大的风雨历程后,大有风雨过后见彩虹的澎湃激情和由衷感慨。唯恐言辞冗长,我觉得还是回归到我的本职工作话题上唠唠比较妥帖。

我打后半生起做律师,已执业近三十年。说起律师这一行当,现在的人们似乎已经不再陌生。但是,我国的律师制度是舶来品一说,或许有些人还不清楚。我国的律师制度是清朝末年变法改制,效仿西方典章制度的产物,在那时正式列入立法议程。民国初期,以孙中山为代表的资产阶级革命派在废除封建专制制度、打破旧的国家机器的基础上,确立了全面建立新型法律制度的蓝本。其中包括改革司法审判体制、建立律师辩护制度。新中国的律师制度,可以追溯到革命战争时期。而律师行业的发展,也只是近四十年的事情。我国从1978年开始实行改革开放,法治建设也随之提上议事日程。1978年制定的《刑法》,恢复了律师辩护制度,吹响了重建律师制度的号角。经过近四十年的发展,中国律师队伍的建设取得了空前进步。律师制度的发展完善，又促进了国家政治、经济、文化各项制度的巩固，这些都是有目共睹的事实。

作为中华人民共和国的公民，我们个人的命运都是与国家的命运紧密相连的。我走出校门后，下过乡，当过兵，退伍回来当了一名工人。通过业余时间自学法律专业，参加并顺利通过了律师资格考试，加入了梦寐以求的律师队伍。从此，个人的命运发生了质的变化。作为一名法律人，通过实践锻炼，我越来越热爱律师这一职业。

我热爱律师这一职业，因为它充满挑战。只要辛勤耕耘，就能不断地收获成功与喜悦。我打内心十分珍惜国家来之不易的法制环境，因为我们这一代人亲身经历了中华人民共和国发展中的艰难。改革开放使我们从梦魇中惊醒，从此逐步实现繁荣富强，法治建设取得重大进步，律师制度发挥着越来越重要的社会作用。作为肩负神圣使命的律师，我们决不能辜负祖国和人民的殷切期望，必须负重前行，只争朝夕，为国家法治建设添砖加瓦，做出应有的贡献。

我热爱律师这一职业。但是，话又说回来，做律师真的很累，累到不行。律师除了必须具备强壮的身体素质，脑力劳动的强度亦不可小觑。别的不说，单就业务学习方面而言，其压力就难以想象。由于我国法治制度建设飞速发展，各项法律法规、规章制度亟待完善，新增和调整的法律规定每时每刻都处于动态变化之中。作为一名执业律师，每分钟都不可懈怠，必须及时捕捉并充分掌握，方能胜任本职工作。换句话说，律师业务知识的学习和更新，就好比一个无底洞，深不见底，永远没有尽头。回过头来想一想，这也正说明了我们国家法律制度日新月异，发展速度惊人。

我热爱律师这一职业，我很希望我唯一的女儿能够加入我们律师队伍中来，继承父辈的事业，共同投身到国家法治建设事业上来。于是，我便有意引导女儿选择读法律专业，鼓励她参加国家司法考试。通过努力，女儿终于在2006年通过了国家司法考试。喜讯传来，父女喜极而泣。我夜不能寐，当即赋诗一首：《欣贺女儿武珺通过2006年国家司法考试，即兴而赋》。这首诗很快被刊登在《安徽律师》杂志上，受到好评。

现如今，我和女儿、女婿同在一个律师事务所执业。女儿很争气，现为省青联委员、地方政协委员，也是我们律师事务所的主任，竟当上了我的领导，你说这事整的。

最近，我们家还有一个意外发现，说出来令人忍俊不禁：

我的大外孙女儿今年九岁，上小学二年级。我女儿在例行检查孩子的家庭作业时，看到老师发的作业纸上有这么一道作业题，题目是"说说你长大想做什么"。孩子用汉字和拼音掺杂着写道："我的爸爸、妈妈、姥爷都是律师，我长大了也要当律师。因为律师能帮助别人说理，大家需要他们。"

啊，多么可爱的外孙女儿！这就是你孩提时代律师梦的雏形吗？

（2019年6月19日）

防汛旧事

今年水不小。

上半年抗疫，下半年抗洪，真是烦人。可再怎么担忧，终是使不上劲。

这使我想起1991年安徽发大水，我们上淮河大坝夜间巡逻值班的场景。

当时，我家就住在淮河坝子旁边一间十几平方米的平房里。地下渗水，屋顶漏水，屋子泡在水里。每天早晨天一亮，邻居们总是爬上淮河大坝，先看水势，然后再去上班。眼见得坝子内的水呼呼地上涨，每天都提心吊胆。

后来，水涨到坝子三分之一高了，坝内的柳树只露出梢头，情况危急！市里紧急通知，要求各单位按照分配的名额，抽调基干民兵值班防汛。当时，我在一家小集体所有制单位负责安全保卫工作。单位领导决定派我带队，参加由街道安排的防汛值班任务，具体来说，就是夜间看坝子，每个单位巡查路段的长度是300米，用白石灰画上线条标记。还好，我们单位分配到的这段包干线，正好就在我家屋后，离我家不到50米。任务下来后，我就开始做准备：从单位借钱，上街买竹竿，买雨布铁丝，买粗苇席子，绑扎雨棚，又从单位抬两条木椅、一张旧办公桌……"兵营"搭在了坝顶的草丛之中。我还准备了矿泉水、面包、大馍、榨菜……兵马未动,粮草先行。事无巨细,都得我一人操心。别看这仅仅十个人的小分队,以及区区300米的巡逻线,光是后勤保障这点子事,就让人忙得够呛。

工作的事,更是正事。头天上班,就有一个人缺勤。啥原因?当时没有通讯工具,也没法联系。

近三十年过去了,往事历历,犹在眼前。那长满青草的淮河大坝,奔流不息的滔滔河水……如今,仍是那么令我向往,令我陶醉。

(2020年7月23日)

一位律师的作家情怀

一

我是自 1994 年取得律师资格,就开始从事专职律师工作的,至今已执业二十六年。令我兴奋不已的是,在 2020 年 8 月 13 日,我有幸被批准成为蚌埠市作家协会会员,这真是天大的喜事!我今年六十有七,虽年近古稀,可潜意识中还从没出现过一个"老"字。也是因为律师执业不受年龄限制,我每天都在一如既往地工作,忙碌起来也是没有休息的机会,所以淡化了年龄的观念。

二

回顾已经过去的这大半辈子,围绕这个话题,想絮叨几句。

我上小学五年级时,遇上"文化大革命",学校停课。后来直接升到中学,中学里好像也复过一阵子课,但是很不正规。又因为我担任班长、红卫兵排长等,要协助老师做班级工作,甚至有时候还被学校派出去做社会工作,比如包干负责老三届、城市居民的下放动员工作等。在如此大环境、小环境下,我没有条件,也没有心思学习。一转眼轮到我们下放当知青,人生的少年学习时代就结束了,真是呜呼哀哉。

我早在上小学时就非常喜欢语文课,那是因为老师经常把我抄写的作业放在橱窗里展览,把我写的作文在年级里讲读。我还是班级的语文课代表、学习委员。上语文课,我一身的劲。尤其是每周五下午的两节作文课,真的是令我如痴如醉,恍如隔世在云端……这讲的是上小学三年级到五年级上半学期的往事,也算是我人生中最得意的一段时光。古语云人生得意在少年嘛,想必指的是这情境。长大后要当一名作家,就是我那时候萌生的愿望。

三

长大后要当一名作家,虽是我儿时的愿望,也成为我终身的追求和梦想。时光荏苒,多少个冬夏春秋,酷暑寒冬,我信念笃定,孜孜不倦。读书学习,是我最大的乐趣;写稿投稿,是我最乐意忙乎的事。和大多数写作爱好者一样,退稿的事我是经常遇到的,但是,每当接到退稿信时,我不但不沮丧,反而欣喜若狂。因为我觉得,随着一次次的退稿,我离发表作品的距离会越来越近的。每次,我会把退稿的邮件仔细抚平收藏,朋友来了还会拿出来共同欣赏。我对发表作品充满了憧憬和希望……

说起来,最开始发表稿件,是我被下放在农村的时候。生产队派我们去新汴河工地挖河,活儿很累。当时,工地有一个小广播站,为大家宣传鼓劲。有一位上海女知青担任广播员,她长得又白又俊,说话的声音又甜又美,非常可爱。以至于她每次在挖河男劳力们面前露面时,工地上总是响起"啾啾"的声浪,绵延不断。这时期,我们大队安排我负责为广播站撰写稿件,大抵是好人好事或挑战书、应战书之类的应用文。

稿件文字质量要求不高,但会写的人仍少,广播站吃稿量又大,像个无底洞,几乎是所有稿件来者不拒,断稿时还可以重播。搞得我手忙脚乱,但不亦乐乎。说起来还有一段小插曲,这位美女广播员在念稿件时,开场要先说上一句,"下面是×××(写稿子人的姓名)来稿",这原本是很正常的话,却也常常引发没有恶意的起哄。今天回想起来,我还忍俊不禁。这段经历,对我来说是个很大的锻炼,尤其是建立了写作的信心。

四

1972年隆冬时节,部队到我们公社征兵。经过贫下中农的推荐,我应征入伍,被一列闷罐车拉到了白雪皑皑的大庆油田,开始了三年半的戎马生涯。

当年大庆油田指挥部代行地方政府职能,通信地域识别为黑龙江省安达市,不像后来直呼大庆市,那时是要保密的。大庆油田指挥部设在萨尔图(镇)临街一个大场地上,左右各四五排平房,很像学校的教室,别说站岗的,好像也没有专门收发报纸的传达室,就那么随便进,随便出,印象中也没有墙头,似乎只有一个门楼子。大庆油田方圆三百里,驻军只有我们一个步兵团。当时大庆有两点福利在全国其他地方是没有的:一是全域公交车免费;二是所有浴室全部对外开放,不收分文。洗澡可以去最好的澡堂子,比如研究院浴室等。我当兵下连队不久,第一次被抽调到团部,是参加马列主义战士理论骨干培训班,学习《共产党宣言》《国家与革命》等马列著作,回去以后做连队的学习辅导员。之后,我又被临时抽调到团报道组工作了一段时间。我所在连队驻守在黑龙江省鹤岗市,这里是矿区城市。我们连队负责在兴山矿区的一个露天矿里采煤,以解决全师官兵冬季取暖之需。紧张的训练和采煤工作之余,我主动和当地的党报《鹤岗日报》取得联系,积极撰写各类稿件,拜编辑记者为师,同他们建立了难以割舍的感情,不是亲人胜似亲人,至今仍念念不忘。在那里,我曾经应邀担任工农兵兼职编辑,参加当地文化局举办的文艺创作学习班,结识了不少当地知名作家,受益匪浅。1976年,部队换防,我眼噙热泪告别了鹤岗日报社和文化局的老师们。鹤岗日报社破例为我出具了一份《情况介绍》,现将原文抄录如下:

武永军同志系黑龙江省军区大庆驻军赴鹤采煤连队的战士,在鹤执行军工任务的两年中,以极大的政治热情参加全党办报工作,表现突出。仅1974年就在本报发稿30多篇,连续被评为优秀通讯员,获得奖状、钢笔、书包、背心等物品。

武永军同志主动与报社联系,刻苦为报纸撰稿,他认识到,一个革命战士不但要紧握手中枪,而且要拿起笔,来为巩固无产阶级而战斗。为了给党报写稿,他常常星期天不休息,采煤三班倒,有时不顾困乏,坚持学习、撰稿,从不间断,进步很快。他写的新闻体裁,包括消息、文章、批判稿、小通讯、副刊稿等。他的出色工作,给编辑记者的印象很深。

认真、踏实,是武永军同志学习和写稿中的一个特点。他经常学习马列、毛主席著作,记笔记,写心得。特别是他在鹤的1974年,正是"批林批孔"运动开展之际,武永军一方面积极参加连队组织的各项政治活动;一方面积极动笔写稿,反映连队的动态,对连队的工作起到一定的促进作用。武永军同志不声不响地做工作,从无怨言。

经过近两年的时间,武永军对新闻的一些基本要领都有一定的掌握、应用。这些,对今后为报纸投稿和参加办报工作,都打下了良好的基础。

《鹤岗日报》群众工作组(公章)

一九七六年四月廿日

我知道,我跟报社没有隶属关系,他们给我出具这样一份材料,没有多大用处,算是对我的鼓励和鞭策吧。我也只有在心底深深地感激他们,暗下决心不辜负他们的期望。

说到这个份上,憋不住,要说上我们连队两句。我当兵那年头,部队讲究政治挂帅。故而,师、团政治部门每年都要召开宣传报道表彰大会。鉴于我在地方党报上频频发稿,收获颇丰,上级十分重视。争取先进集体、先进个人等荣誉自然是稳操胜券的事。可是,事实上我也只能在这样的会议结束以后,到连队荣誉室的墙壁上去寻找类似"通讯报道先进单位"字样的奖状罢了。

五

下了放,当了兵,转了一圈,又回到家乡蚌埠市。

在退伍后等待分配的日子里,《鹤岗日报》的几位编辑记者老师曾建议我到当地的新闻单位去自荐,碰碰运气。出于对文字工作的热爱,我还真的不知天高地厚地去了当时的《蚌埠通讯》编辑部。编辑部就在胜利路上的一个小巷子里，距离我当时的住处步行不到三分钟，蚌埠话叫"出门就到"。我见到了沈书记等报社领导们。后来，他们让我拿些发表的东西过去，我只能拿了些《鹤岗日报》。然后，遵嘱听候通知。那时，大约只有市一级领导们家才有电话。因此，没有电话联系这事。在家里憋了几天，我忍不住了，终于不请自去。办公室里没人，门敞着，我竟然看到几张黄桌子上还零散地搁着我那些《鹤岗日报》，它们就像不招人待见的废纸片那样静静地待着。窗外的微风吹来，我又好像听到它们在向我诉说着什么……不知道为什么，我竟然流出了眼泪。良久，我似乎有点痛下决心的样子，毅然决然地从桌子上捡起它们，一步一回头地离开了报社的办公室。

之后，报社领导和我谈了一次话，大意是，《蚌埠通讯》是市委政工组主办的，所用人员都是干部身份，而我是退伍战士，况且今年分配去向都是大集体所有制单位，希望以后多写稿，支持办报云云。这就是命里无缘莫强求。

六

市二轻局下属的一家服装厂，据说当时是集体所有制干部的培养基地，当然这只是据说，我们也看不到东西。报社的人说，我可以去那里，看看以后可有机会。我没人找，也没找人，就被分配去了那里。接着，市二轻局成立报道组，我被通知成为组员，人数是十人以下，固定每周二下午开展学习、采访活动。我在工厂里，则被分配到服装车间的生产小组里做学徒工（当兵回来享受二级工待遇），班长大姐是我人生中第一位师傅。我先学蹬电动缝纫机，在特制小工具的固定下，轧出长布条,做衣服上的盘扣用。从上班到下班,就这么一直"突突突"地蹬下去,没完没了。我总觉得这活计比挖煤还累,比当兵训练还苦,然而又无可奈何。

但是,没几天,机会就来了。中区民兵指挥部向辖区内各单位抽人参加基干民兵训练。因为我是退伍军人,又是单位的基干民兵连排长,更主要的还不是生产骨干,所以分配给单位的一个名额,就像为我量身定制一样,当然非我莫属。

中区民兵指挥部当时就设在我市南山公园山顶南坡的一处楼房里,原为市电视台的办公楼,那可真是好山好景好地方呀。我兴冲冲地带着单位的介绍信去报到,又遇到好事了。

接待我的领导是一位年纪比较大的军代表,他是民兵指挥部的政委,很和蔼可亲。他像侦察兵一样,对我进行了详细的盘问,我一一如实作了的交代。末了,这位首长当即决定安排我去政工组,负责宣传报道工作。从此,我凭着一张写明"各有关单位"的介绍信,开始了对各有关单位民兵工作的采访报道。那可是一段风风光光的惬意时光。

然而,好景不长。单位领导打电话让我回去上班,说是有三天的训练,怎么搞这么长时间?民兵指挥部这边说啥也不愿意放人。我该怎么办?似有点六神无主。这事僵持了一段时间。有一天,厂里书记来电话,说有事要我到厂里去一趟。我自己接的电话……以后的事还是不要说了呗。回到厂里后的一段时间,我莫名其妙地接到了局工劳科的一纸调令,将我调到一家机械厂。我胆怯地探问调动原因,那位工劳科的胖大姐只和我说去了不可挑工种。反复咀嚼,我似乎明白了点什么,又感觉心里空荡荡的。

又到了一个新单位,生产副厂长亲自带领我转遍了全厂的拐拐角角,一一介绍了几乎所有的工种,最后才问我想干什么工作。我早有盘算,狡黠地应对:我要干最脏最累的活,就做翻砂工吧……嘿嘿,这当然可以如愿以偿。

虽然我不迷信,但我仍然相信人算不如天算这句话。

我实际并没干几天翻砂工。因工作需要,我被安排做车间记录员。当时车间有一名车间主任、一名政治指导员,实际都是不脱产,比哪个工人都累。我这个车间记录员,是唯一可以不干活的。工作内容呢,简单地说,是对应全厂党政工团、生产、技术、供销、后勤、仓库等所有的部门,就是一盒万金油。当然也包括宣传,厂里也有广播,也有一位上海女知青做播音员,而且每次播稿也先说"下面播送×××来稿",世事轮回,如出一辙。

七

后来的后来,我听说,也只是听说:上级机关曾经有调我当领导秘书的考虑,但第一个单位坚持不放人。不料,我换了个单位后,上级正在与新单位协商阶段,第二个单位又忽然被划并到其他的主管局去了,我这事儿也就这么不了了之了。

八

1994年,我取得了律师资格,注册为专职律师。几十年的奋力拼搏,终使我实现了人生的蝶变,走上了充满阳光的康庄大道,这令我喜极而泣,如醉云端。

我常常和别人说，我能考上律师资格，和爱好文学息息相关，和我打小的作家梦密不可分。就是为了实现这个少年的梦想，我一直不间断地学习、写稿，没有一天懈怠过。作家梦像黑夜里的一盏明灯，始终照耀着我脚下的道路，引领我走向光明，攀上人生道路的巅峰。

我从事律师职业已近三十年。在这漫长的岁月里，我总感觉自己还缺失些什么，总在迷茫中寻找，在静夜里沉思。没有谁比自己更了解自己的内心，我知道我想啥，我不说，但我的心里一直隐隐作痛。我虽然可以不说，可我不可以不做。我在潜心做好律师业务的同时，坚持写稿，坚持创作，没有间断，在报纸期刊新媒体上时而有新作品发表。每当这个时候，我仿佛才找回真正的自己，实现返璞归真。律师的社会地位自不待言，业务收入也相当可观，这是不争的事实。最早报社寄给我的汇款单上金额一栏是用钢笔填写的五角钱，后来差不多是两元钱居多。我不但没嫌少过，反而舍不得去取。我将取款单夹在书里，有种莫名的幸福感。翻这些老底，也不忌丢人，这都是真的。有了构思，我宁愿放弃收入不菲的上门案件，感觉挣钱没有写稿重要。当然，法律援助案件是必定要认真做的。

我做了近三十年的律师，非常热爱律师职业，这是确定无疑的。同时，我也做了一辈子的作家梦，这是我的魂魄所依，至死不渝。文学和法学融合在一起，就像金属材料之合金钢，其力无比，大有作为。比如在宣传法治方面，我就曾经尝试用纪实文学体裁，以生动具体的案例普法释法，作品多次被不同载体采用。在我国，建设法治国家任重道远，不论是律师还是作家，都责无旁贷，应当发挥各自的作用。

大诗人臧克家《老黄牛》诗曰："块块荒田水和泥，深耕细作走东西。

老牛亦解韶光贵,不待扬鞭自奋蹄。"作为老律师,作为作家协会新会员,我由衷地感谢蚌埠市作家协会的领导和各位老师,向你们学习,向你们致敬!

(2020 年 8 月 15 日)

淮上青青草

我曾下放的那个地方

对于我们久居城市的人来说,有很多人向往农村,甚或羡慕生活在那片土地上的人们。古往今来,赞美美丽山村的诗词不胜枚举,如"绿遍山原白满川,子规声里雨如烟。""一水护田将绿绕,两山排闼送青来。""千里莺啼绿映红,水村山郭酒旗风。""城中桃李愁风雨,春在溪头荠菜花。"……农村如诗,农村如画。我离开下放过的地方已近五十年了,那里常常令我梦绕魂牵,一直想抽空去看看。

长长的卡车队

下放知青都把插队的地方称作第二故乡,对此我有亲身感受。当年,我们这群十六七岁的少年,陡然离开城市,告别父母,初到一个全新的世界,大有魂不着地的感觉,仿佛开始了新的生命。农村从此成为我们的生存之地。后来,当我离开这第二故乡时,确曾有过"天生我材必有用,千金散尽还复来"的宏图抱负。如今,半个世纪过去了,吾辈已年届古稀,学旧时的话说,区区一介布衣,未有建树,总觉得愧见乡亲,不愿轻率回乡。每每回首往昔,只有万千感慨。当我偶然读到崔涂《春夕》诗中尾联"自是不归归便得,五湖烟景有谁争"的时候,那经年累月的重返插队之地的夙愿和运筹,才终于付诸行动。往事真的像演电影一样,一幕幕展现开来……

1970年8月23日,蚌埠市胜利路上,锣鼓喧天,彩旗飘扬。被市里抽调来的机关企事业单位的干部群众,簇拥在街道两旁,参加欢送上山下乡知识青年的盛大活动。一溜排带篷布顶盖的解放牌大卡车组成不见首尾的车队,宽阔的胜利路上人山人海,热闹非常。远征待发的同学们一脸稚气,肩上的行装大体相仿:一领席子、两床棉被褥子、几件衣裳,条件好的外加一只小木箱……就这样,在有关领导的殷切关怀和亲人们的千叮咛万嘱咐声中,我们走了……

泗县霸王城

霸王城坐落在县墩集镇任集村(现为霸王村)境内。据《泗县志》载:"县城东南20余华里,石梁河东岸。楚汉相争时,霸王项羽驻兵于此,垒土成城,故名。"在固镇、灵璧、泗县的三座霸王城中,泗县霸王城保存最好,至今城址清晰可辨,残存城墙高约六米,城墙中间有人行小道,护城河深数米,涨水时人畜难逾。城中可见陶瓷碎片和秦砖汉瓦。楚霸王项羽曾在这里秣马厉兵,以图天下。现如今,只要是泗县人,不分男女老幼,没有不知晓霸王城的。在霸王城西门脚下,有一条流经皖苏两省泗县和泗洪县的自然河流——石梁河。如今的石梁河景区,已经成为省级水利风景区。它北接新濉河,南抵新汴河,东含世界文化遗产——中国大运河通济渠泗县段。可以想见,这里乃是风水宝地,不容置疑。

回过头来说,当年运送我们下放知青的长长的大卡车队,虽浩浩荡荡,但磨磨蹭蹭,蚌埠市区至泗县县城直线距离仅77.5公里的路程,硬是从上午八九点钟开到傍晚五六点钟,以至于我们乘坐的这辆大卡车开到霸王城墙东面的晒谷场时,天几乎黑了。大小队干部都在场,分学生。我们三男三女被分配给了霸王城东、西两个生产队。

这是巧了? 运气好上了天。

为啥这么说,听我多讲几句你就明白了。

原来,这霸王城以前还是霸王公社所在地,后来公社建制拆并到墩集公社去了。公社没有了,过去的一应配套都保留了下来。举例说:粮站粮库、食品站、百货店、布店、供销社、公社医院(改为大队医务室)、邮局、职工代饭食堂等等,还一应俱全。所有单位照旧运作(营业),职工正常上班。加上霸王城是个老集,每逢农历三、六、九逢集。这还不过瘾,逢五逢十加为"大集"。十天五个集,五、六和九、十为"双集"。呵呵,可热闹了! 方圆一二十里,南来北往的人群在这里聚合散离,穿梭不停。霸王城就前后两条街,家家房子都朝街,逢集时出自家门都得喊"请让让"。集市上,农产品应有尽有。商店里,半夜敲门都是要啥有啥。说白了,这里无论晴雨昼夜,啥时都不缺物资……

十个工分八分钱

那时候,农村土地是集体耕种。以生产队为单位,年终按工分结算分配。青壮劳力出工,按每天十个工分记录。年老体弱者,或当天干的是轻活的话,就要减为十个工分以下。但男女同工同酬,下放学生出工也必是记满分,这都是上头的规定。生产队有专门的工分记录员,不脱产。

因为我们是知识青年(虽然是初中毕业,可是从小学五年级开始就没正正规规上过课),毛主席号召知识青年到农村去,是接受贫下中农再教育的。我们临行前都宣过誓,要扎根广阔天地干一辈子革命。因此,插队的第二天,生产队队长就把我们带下地了。

农民们祖祖辈辈面朝黄土背朝天,辛勤劳作,苦不堪言,自不必赘言。知青们从小生活在城市,谈不上娇生惯养,却也没有受到过锻炼,开始都极不习惯,久而久之,也就能和贫下中农打成一片了。在农村两年多的时间里,我们和社员一起下地干活,一起挖河修坡,一起啃红芋干子,一起住土墙草窝窝。一年苦到头,年底生产队里开始算账分红。生产队会计统计出来:一个工分八厘钱。这就是说,一个青壮劳力,一天劳作挣十个工分,才值八分钱!按当时的市价,八分钱只能买一斤玉米。一个人一天一斤玉米,是吃不饱肚子的。是的,当时哪个家庭也不能奢侈到天天吃玉米饼,也只有在招待亲朋来客,或请人搭屋修房干重活时,才能吃到玉米饼。平常过日子都是稀稠搭配着,比如红芋稀饭啥的。插上一句,我们嘴馋的时候,会四处打听、观察谁家正在盖房修屋、要请人帮忙,然后搭讪凑上,去帮忙挑水踩泥,自然混上顿饭,不但有玉米饼吃,还能吃块肉、喝口酒呢。

前面说过,我们插队所在的霸王城,虽然也算得上是块风水宝地,有杀猪卖肉的食品站,有供销社百货站,十天五个乡集,要啥有啥,吃喝穿用,一应俱全。唯一遗憾的是,我们没钱。苦干一天活,只能挣八分钱哩。庄户人家会过日子,一个锅里抹勺子人多好调理,虽穷巴但还不至于断顿。我们下放学生,就难说了,断粮断炊,就如同霸王城的逢集赶集,可是稀松平常的事。饿了一天,就忍不住分头去队里各家蹭饭。去得最多的是生产队长的家,一天两顿,嫂子大娘也烦。于是,队长无奈喊来会计,喊来粮食保管员,开仓放粮,支出三十斤玉米让我们扛走!最不像话的是我们自己,第二天一早,竟然把玉米偷偷地拎到集市拐角卖掉。用卖玉米的钱买几斤大米,再割一块肉,打一斤孬酒,开起了洋荤。准备妥当,也不忘悄悄把队长喊来……刚借支的玉米,转瞬即逝,我们就又像出家人一样,开始了分头化缘。

喂牛的孟大爷

当年的下放知青,确实给生产队添加了莫大的困难,干部社员是腻烦我们的,戏称我们是官老太(意为公众奉养的人)。

生产队里农事有闲忙,不是天天都有活干。队长为了照顾我们多挣工分贴补亏缺,就尽量安排我们做长期的固定工作。比如巡逻看青(防止猪羊下田糟蹋庄稼)、瓜果成熟时节驻守瓜棚等,而我则被安排协助喂牛。牛要天天喂的,每天十工分,风雨无阻,是挣工分最高的一类。

生产队里有大小九头牛,个个都是干活的生力军。喂牛的老头,是外来户孟大爷。他一辈子没结婚,也没见过他有什么亲戚。瘦瘦的、矮矮的,最突出的特征是眼睛小小的,小成一条眯眯的缝。孟大爷就住在牛棚,在牛饮水的大锅旁边,用一口小锅做饭。他平时少言寡语,只偶尔在吆喝牛时,声音会大得吓人一跳。我和孟大爷有默契的分工,他负责添加搅拌草料,打扫牛粪也是他一个人默默地去干,从不喊我。我的主要工作有两项,一是帮助他铡草,就是铡截干草时操作铡刀,将稻草或麦秸截成大约四指长的小段。他负责往铡刀口续草。

第二项工作是收青草。生产队里的小孩(也不比我们小几岁),下了学或者不上学的,挎个粪箕下地割能喂牛的青草挣工分,我看着他们在护城河里淘洗掉泥沙,挂上大秤称重记账。可别看这项工作简单,做起来令人犯难。比如说草里的泥块没有洗净,洗好的青草水没沥干,甚至是粪箕底下藏了砖头石块……还有的小丫头片子撒娇要赖,令人哭笑不得。孟大爷常常叮嘱,说牛吃卡不吃碜,青草一定要将泥沙淘洗干净。生产队队长再三强调,要求账目一定要记好。而这些调皮捣蛋的,却恰恰是生产队大小干部家里的孩子,你说说怎么处理。

孟大爷是喂牛的行家里手,自己辛辛苦苦也像头老黄牛。他从不无端使唤我,反而对我关怀备至、嘘寒问暖。记得有一次,他老人家不知从哪搞来一只胎死腹中的小猪崽,在他那口小锅里煮上了。阵阵香气逼人,即使是神仙也沉不住气。于是乎,我们爷俩在牛棚里美美地饱餐了一顿。这事后来被生产队队长知道了,他使劲拍着手掌训斥了我一顿。

摆渡

我在霸西队,我们知青的泥墙草房就筑在霸王城的西城墙头上,屋下就是自然古河——石梁河。居高临下,每天看着清澈的河水从眼底流过,一马平川的绿色田野铺展绵延,犹如一幅玉带镶碧毯的画面,着实令人心旷神怡。石梁河说来应该是有历史的,起码比霸王城存在的时间要早,因为霸王城当年很可能是依水而建的。石梁河也是一条母亲河,它以乳汁般甘甜的河水养育了这块土地上的人们,世世代代繁衍至今。石梁河蜿蜿蜒蜒从县城方向流经霸王城,再向南默然而去。当时河水很清,手掬可饮。南来北往的人们,往往是弯下身来,脸贴着水面畅饮。那酣畅淋漓的场面,勾勒出一幅幅别样的风景图。

以石梁河为界,往东为我们墩集公社,往西为城南公社。石梁河上当时没有桥,上下流二三十里地,也只有我们霸王城一个渡口。说是渡口,两边有路，河中有船而已。路是牛车土路，船是尖底木船。河依霸王城西门，小木船是霸西队买的，自然是我们生产队经营。生产队过去一直安排各家各户一对一天轮流使船，赚的钱归当天轮值的那家所有。应当说这本无可争议，可还是引起纠纷。比如说，天气原因、逢集罢集等，导致利润会有差异。穷乡僻壤，一条渡船能挣几个钱？总不致再派个会计"公营"。社员们经过认真讨论，一致决定交给下放知青算了，挣多挣少都不嘀咕了。由此，我走马上任。换了这份差事，我如同孙悟空上天当上了弼马温，真是喜乐开怀。码头上有码头上的规矩，规矩很有人情味。这就是，河东河西，左村右庄，熟人熟面，人情难驳。咋办？画上一个尽可能大的圈子，包含的村落愈多愈好，这些生产队的干部社员登船渡河，我不但分文不取，还要确保风雨无阻，不分日夜，随喊随到，包括带货，条件仅有一条：秋后算账。签约的各村各队按当年收成及人头计算费用，折成粮食，我们队里派人去拉回。说实话，这是个大头，收益都在这里。摆渡人一年到头辛辛苦苦，风风雨雨，收的只能是远路外乡人的过河钱，寥寥无几，甭太指望，所幸队里每天都给我记十个工分。

　　说起来，外乡人的钱也不是那么好挣的。远路讨饭的，唱段莲花落子；买卖农产品的，丢下一个西红柿两个辣椒，或者一个红芋一个玉米棒子什么的；身上没装钱的给你作个揖，说说好话，有的再递上支纸烟；在枯水的季节，很多过河的人脱衣挽裤，干脆来个一走了之，蹚水过河……讲起收过河费，我们最期待的是两种人，一是下乡的干部，他们有的步行，有的甚至还骑着脚踏车。普通人的过河费是一分两分，干部是三分，骑脚踏车的要价最高五分。实际不管多少，只要给钱就行。这第二种人呢，是接亲送亲办喜事的人。他们过河大多还要放鞭炮，往往引来在队里没出工的闲人。说是看热闹,实际是来分红利的。抢烟抢糖有时还能弄到几分钱。这拨人的钱好挣,办喜事都要图个吉利……

自打我当上了摆渡的船工,虽然也比较辛苦,有时还会被夜间过河的人从梦中喊醒,风风雨雨,严寒酷暑,的确也不容易,但我非常满足。一是我行我素,自由的身子不受别人使唤,有种天高皇帝远的感觉。二是每天都能接触到南来北往不同的人。与人交往,兴致盎然,其乐无穷。结识了朋友,增长了见识,拓宽了视野,仿佛一下子人都变得成熟了。逢集累趴下,背集闲溜达。闲来无事,一个人面朝蓝天躺在船头,任着船儿在河心漂流,兴头来了还哼唧两句,有时也在河上吹吹口琴,那音效可好了。我还偶尔遇见大姑娘小媳妇来河边漂洗衣服、挑水的,便接上船来划到河中间,套套近乎。自古道,百姓自有百姓乐,苦中亦有乐。正如一位曾经多次在我这里渡河的老作家送我的诗中所言:但愿稀粥能糊口,胜似许仙驾小舟……

旧貌变新颜

如果想要形容时间过得快,用世上任何词语都不算夸张。转眼间距插队那年五十年了,如今走在返回插队村庄的路上,我总觉得像在梦游似的。

这天上午,我们从蚌埠出发的时间,也和当年下放乘坐敞篷卡车是一样的,是早晨八九点钟。不同的是我们开的是宝马轿车,由女婿驾车,同乘的有我和妻子、大外孙女,还有妻姐共五人。这里有个交代,当年下放到霸王城的蚌埠知青共六人,霸王西队三个男生,霸王东队三个女生。我就是三个男生中的一个,我妻子就是三个女生中的一个。所以说,插队改变了我的人生，决定了我的命运。我得到了锻炼，同时也收获了爱情。至于这段爱情故事，她绵柔如水，水很深，暂按下不表，另作别叙。大姨姐当年因看望妹妹，曾经来过霸王城，也想来看看。我们都还没来得及观看沿途景致，导航仪一两个小时就把我们带到了目的地，这令我瞬间从往事的记忆中回到现实……

　　轿车驶过一座宽宽的水泥大桥停了下来，我走下车，在一个商店门口开口询路："请问，这里是霸西队吗？"

　　"小武，还认识我吗？"

　　天哪！孝光大哥竟一眼认出了我，这令我瞬间泪水充盈了眼眶。唐代诗人贺知章在《回乡偶书》中写道："少小离家老大回，乡音无改鬓毛衰。儿童相见不相识，笑问客从何处来？"这可是我打小烂熟于胸的诗歌，怎么就脱离了现实？五十年的离别，老乡亲一眼认出了我，而离乡之人的我却到了家门口还在问路，是近乡情更怯的缘由吗？或许是昔日村庄旧貌变了新颜，而我却陋容依旧吗？眼前的霸王城，看得我目瞪口呆。沿着宽宽的水泥大桥过来，一条笔直的大道，穿越霸王城全境。我没有尺子量，估摸着马路的宽度足有六车道宽，且是水泥路面。要这么宽的路干吗？我竟感到诧异。马路的两侧，清一色全部是水泥三层楼房，纵深很大。要这么大的房子干吗？我充满疑惑。问后得知，如今的霸王城，仍然保留十天五个集日，逢集还是热热闹闹，只是赶集的乡邻不会再堵住家门了。过去公家的供销社、食品站、百货店、粮站等一概没有了。取而代之的是一户挨着一户的各种商店超市。简直是家家开店、户户经商。货卖得掉吗？路人答曰：逢集生意还好，罢集没人。摆渡的渡口呢？路人答曰：你汽车怎么开来的？揣着深深的眷恋，我缓缓走向石梁河边。那令我朝思暮想、梦绕魂牵的石梁河还在。

令我意想不到的是，霸王城里前面的一条主街，基本还原封不动地保存着，包括我们霸西队知青的那间干打垒的土房。只是街上有的土屋只剩下墙头墙垛，屋顶还在的，是这家留做仓库用的。我特意邀请几位老邻居、老兄弟，在这里合影留念。

这次重返插队村庄霸王城，我发现这里多了一样东西，一样虽不起眼，但很重要的东西。就是在我原来住的土屋下坡的草丛中，立着一块石碑。石碑上写着：

安徽省重点文物保护单位
墩集霸王城遗址

安徽省人民政府 2012 年 12 月公布
安徽省人民政府 2014 年 6 月立

回来查了手机百度，说是省文物局等单位曾去考察，还说县政府打算投资十个亿，要打造霸王城云云。这真是天大的好事。但愿县政府早日兑现，再治理一下石梁河。

（2020 年 8 月 30 日）

淮上青青草

蚌埠：萦绕在淮河大堤上的家乡情结

蚌埠，千里淮河上一颗璀璨的明珠。

淮河位于我国东部，在黄河和长江之间，古称淮水，与长江、黄河和济水并称"四渎"。淮河发源于河南省桐柏山，流经河南、安徽、江苏三省，全长约1000公里，流域面积27万平方公里。水利部下面有七个流域机构，其中第三个就是淮河水利委员会，其驻地初始就设在蚌埠市。

蚌埠"古乃采珠之地"，故有"珍珠城"的美誉，是安徽省第一个设市的地级市，地处中国南北地理分界线秦岭—淮河一线，淮河中流、京沪铁路和淮南铁路交会点，是全国综合性交通枢纽城市、全国文明城市。

史前时期，蚌埠地域为淮夷族聚居区。当年大禹治水南下淮河，路过今禹会区境内。涂山娶涂山氏女为妻，并生启。公元前21世纪，启建立夏朝，为华夏第一代帝王。

坐落在淮河北岸小蚌埠镇双墩集的"双墩遗址"，距今约七千年，是淮河中流地区已发现的年代最早的新石器文化遗址，被国务院公布为第七批全国重点文物保护单位。

我是一名土生土长的蚌埠人，20世纪50年代初出生在淮河南岸。在我打小的记忆里，对蚌埠的认识有两点尤为清晰，一是淮河，二是火车。

淮河是我们的母亲河，她以乳汁般甘甜的河水，哺育了淮河两岸的优秀儿女，绵延代代。坐落在淮河岸边的蚌埠，是一座新兴的工业城市，一百多年前还只是个小渔村。铁路蚌埠站，建于1909年，是一等站。原上海铁路局下辖杭州、上海、南京、蚌埠四个铁路分局，蚌埠是其中之一（现已改制），是我国南北交通的必经要道。自从有了铁路，水陆并进，蚌埠的发展日新月异，突飞猛进。因此，说蚌埠是火车拉来的城市，其实言不为过。

我的父母亲都是铁路职工，我们自家兄弟姐妹及其子女中，就曾有二十几人在铁路各单位工作，可谓铁路之家。我父亲的祖籍是安徽省固镇县，幼时因家境贫寒，十几岁就背井离乡，跟着亲戚来到蚌埠，在淮河滩上谋生活。父亲开始干的活，就是码头上的搬运装卸工作。他整天没日没夜地在码头上等活，扒一口吃一口，累死累活，饥寒交迫，食不果腹，难以度日。为了等活抢活，养家糊口，往往是白天干了一天活，还没到半夜就早早来到淮河边，望着滔滔东流的淮河水，翘首以盼，等待运货船只的到来，挣几个血汗钱。父亲经历了太多太多的风风雨雨，尝尽了人间无尽的辛酸苦辣。后来，父亲学会了鞋工，这是一门手艺活儿。当时，父亲的技术还算不错，且小有名声，收入才略有改善。蚌埠解放前后，父亲积极参加革命活动，加入了中国共产党。之后，父亲被吸收在政府组织的码头搬运排工作，成立铁路分局后，搬运排被划入铁路装卸工厂。当时的蚌埠铁路分局装卸工厂的厂址就在淮河南岸一号码头坝外东侧，紧挨着淮河堤坝。

我们小时候住在春明巷，离淮河也不远，骑车只要三五分钟。因此，每天上学之外，最喜欢去也是唯一能去的地方，就有淮河坝子，那也是父亲工作的地方。我在工厂的车间一隅，找个小板凳，趴着写完作业，出小门就上了坝子。那时的淮河堤坝，是标准的土坎子。河对岸农民来城里茅厕淘的大粪,就直接倾倒在大坝内侧的柳树林里,任其十天半月地暴露在天地之间,晾晒成屎饼子,卖掉或运过河自用。说起淮河大坝,坝里、坝外、坝顶可都是好地方,一点不假。柳树成荫,芳草萋萋,鸟啼蝉鸣,莺飞蝶舞,蜻蜓蚂蚱神态各异,风吹草动童趣无限……不能忘记的是一次我钻进一片小竹林中捉蟋蟀,循声暗潜,屏息张网,终于捉住一员大将!有一句成语,不知用在这里是否合适,叫螳螂捕蝉,黄雀在后。当我忘乎所以,攥网起身之瞬间,一头撞上了一个大马蜂窝。只听到嗡的一声,一窝蜂炸了锅,眼前顿时一片黑茫茫,无数只马蜂疯狂地猛蜇我的头和脸,疼得我如万箭钻心,蜇得我似丢魂失魄,如同到了世界末日。我连滚带爬,连哭带号,在小伙伴的搀扶下,狼狈地回了家。家人见状慌了手脚,邻居围上七嘴八舌。在一位高人的指点下,不得已使用了一个民间土方应急。我大姐当时正在哺乳期,大姐挤下了一小盅乳汁,用棉花球蘸着,把我劈头盖脸的蜂蜇处涂抹了一遍。接着,我就迷迷糊糊地睡着了。睡了整整一个下午,起来后虽然有所缓解,但还是足足疼了好几天。

早在1951年5月,毛主席就题词"一定要把淮河修好"。在毛主席的题词指引以及各级政府的领导下,淮河儿女多年不懈努力,治理淮河的工作取得了巨大的成效。单就淮河堤坝构筑一项来说,就今非昔比,具有天壤之别。如今的淮河大堤,水泥石料全覆盖,加宽加高,堤顶水泥大道数十米宽,足有两个车道以上的距离,完全能够保障防汛运输车辆通过,可以称得上固若金汤。

淮河蚌埠段,南岸是主城区,北岸是城市延伸的发展区,称淮上区,寓意后来居上。南岸北岸,相互呼应,熠熠生辉。

刚才说到淮河堤坝构筑新旧变化的事,就不能不说说坝上的商业地摊一条街。京沪铁路运输线,跨越千里淮河,必经蚌埠淮河铁路大桥。当年解放大军南下,国民党军队狼狈逃窜,为阻挡我军追击,逃跑时炸毁了大桥,后重新修建。原是单桥,后来又建成了双桥。大铁桥以东,大约四五千米处有座公路桥,是钢筋混凝土斜拉桥,全长752米,桥面全宽19.5米,于1989年建成通车后,结束了蚌埠市内车辆行人往返两岸依靠渡船的历史。蚌埠人习惯称其为拉丝桥。在铁路、公路桥之间,有一个老渡口,叫郑家渡。淮河上没有公路桥之前,河上渡口至关重要,自不待说。渡口在摆渡重要物资的同时,河北岸的农副产品,也需要运往南岸市里销售。这就带来了一种现象:有一些过了河的少量的农副产品,农民们觉得货少价廉,不值当再挑往市里去卖,干脆待一过河上了坝子后,就在坝顶坐地开张。市里居民都知道坝子上临时菜挑子的菜便宜实惠,也都乐意买之。于是乎,郑家渡淮河大堤堤顶的农副产品交易市场的雏形就顺势而生了。

　　淮河是条大河,鱼类资源相当丰富。排头的要数淮河鲤鱼,此外,草鱼、皖子、鲢鱼、鲶鱼、鲫鱼、噘嘴腰子、马牯郎子……还有一种罕见的鱼种是其他水系没有的,就是"黄瓜鱼"。黄瓜鱼,学名冰鱼,无鳞,通体透明,洁白如玉似冰,该鱼出水后有一股扑鼻的清香味,如同初春鲜嫩的黄瓜,故称"黄瓜鱼"。该鱼曾被送入紫禁城,受到西太后的青睐,从此闻名天下。不过,黄瓜鱼只有在隆冬季节才较容易捕获到,其他季节很少见。以前,淮河渔船很多,不少渔民就聚居在郑家渡一带水域。早起的人们会在天空刚刚出现鱼肚白的时候,赶到河边寻找渔船买鱼买虾,也有渔民挎着鱼篮子挑着鱼筐走上坝子迎客。所以,郑家渡最早的地摊摊主可以追溯到这里的渔民。如今,由于整治河湖环境的大势所趋,这些渔民都已弃船上岸定居，过上了稳定的生活。这样说你也不用担心，你若来俺蚌埠做客，还是保准能够尝到淮河鲜鱼虾的。

开始，因为淮河堤顶地摊是自然形成的，只是早晨一段时间有买卖，待到日上三竿，人迹全无，所以又叫露水市场。一开始不显山不显水，却也无人干预。后来一段时间，出现一股全民经商的热潮，这里的地摊一下子迅猛发展起来。坝上坝下，摊位遍布，路塞人满，完全失控了。

淮河大堤是十分重要的防汛之地，岂容此乱象？所谓物极必反，政府必须出面解决。因此，淮河大堤堤顶的地摊街，从此销声匿迹。经过清理整治，这里建成了淮滨公园，当时的面貌确实焕然一新。

一晃又是多少年过去了。其间，不少商贩采取躲猫猫的方式，和城管打游击，进进退退，虚虚实实，双方展开了拉锯战、持久战，耗费了大量的人力物力，造成了许多不和谐的局面。这就如同大禹治水，还应疏堵兼举，方可奏效。终于，几年前政府恢复了这里的地摊街市场。政府委托第三方实施精准管理，摊主们可以重新安安稳稳做生意了。这条笔直宽阔的堤顶大道，设置了大约三公里的路段，作为地摊街营业区域。两边设摊，中间留下了七八米宽的通道。即便人流量最高时，也不会发生拥堵。画地为摊，统一以钢管棚遮阳挡雨。市场实行摊主自治，自我管理，自我约束。政府不收取管理费用，不干涉摊主依法经营。第三方提供服务只收取卫生费，也是微不足道的。目前，这里已登记定位的摊主有二百多户。这些人的就业问题解决了，这些家庭就有了生活的来源，对稳定社会起到很好的作用，可谓善莫大焉、功德无量啊。

我的一位老邻居就是这个地摊街上的摊主，大家都喊他李老板。李老板原是一家小集体单位的下岗职工，上月刚办的退休手续，每月领到了近三千元的退休费。他以前也是坝顶街上的老游击队员,三年前经过排队登记,像跑马圈地一样的,画了十五米的地界归属。他每月只需交两百二十五元钱,就心安理得地做了摊位主人。这可是好几十平方米的"准固定"营业场地啊。如今,风雨无阻,生意是越做越红火,差不多哪个月都能赚上个几千元钱。再加上退休工资,他和老伴吃不完花不尽,真正过上了无忧无虑的生活。说真的,我也替他们高兴。

我们这个堤顶地摊街,开在宽敞的大路上,没有污染,没有噪音,没有穿梭的车辆。千里淮河尽收眼底,荆涂二山抬头可望,真的是块风水宝地,绝佳超级市场。

假如你暂时没有职业,假如你还生活拮据,假如你想自食其力靠劳动吃饭,假如你要做生意却苦于没有开店的资金……那么,请你来这里创业,开创新的生活吧。请相信,淮河儿女有着大海一样的情怀,蚌埠人热心好客胜似亲人。

这里的生意好做,这里的摊主也会做生意。这里是淮河大堤风情一条街,当地绝佳的好去处。外地人旅游要看看淮河,本地人休闲锻炼,少不了总要去溜达。蚌埠人见面往往有句口头禅:你今天可去坝上转转吗?因此,不管白天还是黑夜,这里总是人流不断,做生意的管这叫客流量大。这里的经营很有特色,满满的地摊的特色。具体用三个字就可以概括:小、全、廉。可以说,各种小商品应有尽有,百门千类万样货,只有你想不到的,没有你买不到的,商品的名字实在没法一一列举。想想看,不管你是旅游还是闲溜达,你可以一边欣赏千里淮河的山光水色,一边不经意地浏览脚下的地摊货品。一条长长的堤顶街,不知不觉就走到了头。这时,你会感到意犹未尽,满足之中仍恋恋不舍。

对了，你在咱们蚌埠淮河堤顶这条地摊街的最东头，见到卖烧饼夹里脊的摊子了吗？假如没有吃到这款美味，那就最好再回去找找，不然你会后悔的。人们都说，走千走万不如淮河两岸。这句话的主要内涵之一就是吃在蚌埠呀。烧饼夹里脊，是蚌埠著名的传统小吃，初创于 20 世纪 90 年代，至今已三十余载，盛名斐然。它是由烧饼、里脊肉、酱料组合而成的一种小吃，有甜、咸、辣、麻、香、脆等口味。它是现代蚌埠饮食文化的典型代表，不仅仅因为其具有独特的地域性，更重要的是，它反映了蚌埠饮食融合演变创新的特点，是不能失之交臂的。

（2020 年 9 月 29 日）

写在路上

大道如青天,

我独不得出……

——［唐］李白《行路难》

一

漫长的路。

转到大西边的太阳,斜照着独孔桥。风依旧在刮。这是戊午年春季,在淮北平原的一个小村庄边上。

倘若熬不过苦,躺下来,就再难爬得起来,行路人的确做不得。我管住自己,只坐地上,伸直两腿,手朝后撑着地,支撑着上身,只是时而调整一下腿的位置,头却一直垂着。

渴得慌,感觉到火烧心的滋味。

近边一户农家,木板门双开着。在篱笆院拐角的大水缸上面,一只水瓢漂浮着。风吹水瓢晃晃荡荡,时而叮咚响一声。一位农家大嫂不知从哪出来,抄起水瓢,仰脖咕噜噜灌了一气儿凉水,又朝天噗的一声,喷出了一片如雨后彩虹般的水雾……

　　左额上的创伤还不时跳着痛，又黑又红的敷布上散发着阵阵血腥味。希望在茫茫机耕土路的尽头，随着"突突突"的手扶拖拉机声的消逝而殆尽。路上渐渐断了行人。不远处的马达声戛然而止，不会是可以顺路搭乘的拖拉机发出的声音，应该是村中加工粮食的作坊发出的声音。

　　逃不出的梦魇。我瞅着此行携带的五十斤重的行李，愣愣地沉思着。她两年多前师范毕业，被分配到黄圩村小教书，像位战士一样，背着被，拎只帆布包就奔去了学校。学校在两间教室外的空地上用泥巴堵了道墙，前面用秸秆夹起再安个木门，专为这位新争取来的本校唯一一位公办教师建成了教员宿舍。这不，我这趟就是给前线战士送补给。远路无轻担，我拎着五十斤重的行李步行了十里八里地。天眼见黑了，路上不见车辆可搭乘……唉，血染的手帕在裤兜里，硬邦邦的。缺汽油的打火机，在即将用尽的打火石的火星溅射下，不情愿地燃起了微弱的火苗。于是，廉价的纸烟散出了青和紫的烟雾……

　　一路上的风尘没有遮挡住记忆的阀门，尽管我压根儿不敢去想它……

二

　　有一个多月了，我日夜酝酿、筹备着这趟行程。

　　生活在遐想中的我，免不了从对幸福的回忆和幻想中追寻隐埋在心灵深处的爱。失眠和食欲的减退，使我日见沉默和消瘦。终于，我悒于等待了。昨天一大早，经朋友介绍，我借光搭乘了一辆去五河县某公社供销合作社拉猪的带拖挂的大货车，辗转开始了行程。我坐在车厢里的一个大木箱子上,倒也感觉很惬意。虽然一路颠簸,心里却一直乐滋滋的,享受着心底的颤动和期待。

拖挂卡车开到一个乡集食品站停了下来,到站不走了。装猪,返回。我只得留宿。

真难料想,装满前后两大车厢的运猪车刚出村集就翻了个底朝天,只听得遍田野都是惊恐万状的大肥猪的嗷嗷的嚎叫声……这一夜,我哪还能睡着觉?

三

熬到天亮,我搭乘乡际班车,驶往五河县。

县城外一座约五十米长、七八米宽的石孔桥正在施工中,乘客须下车走三里多地去汽车站。这种情况已经持续六七年了,真不知这桥哪年能通车。

我遇到了好人。一位肩上背着木工工具的小伙子,用临时捡到的一截竹竿主动帮助我抬起了沉重的行李,路上只歇了三四歇子就到了县汽车站。

上午的一趟班车过去了,下午还有一趟,只好等了。

县城的长途汽车站一般不设寄存处,车站附近连一家饭店都没有。几处茶摊子上有卖高价油条鸡蛋的。看上去浑浊的白开水,竟要两分钱一杯。我央求茶摊小贩,代我看会儿行李,并给了他两分钱酬金。好歹要吃点东西,我想上街去找饭店。

四

汽车站门口大路上。

一辆手扶拖拉机"嘣嘣嘣"驶过,我招手,车停下。"师傅,麻烦带我去街里……"我抓住车栏杆,腾地跃上。

恼人呀,我一头撞上另一根三角铁护栏!顷刻之间,顿觉红的光束、火的花团交织闪过。我下意识地用手捂住,一股热乎乎的暖流在我的指缝中涌动,又浸透了手帕……

血腥味、铁锈味、柴油机燃后的油烟味、说不上的心头的滋味……五味杂陈,呛人!

忽又忆起儿时在竹林里捕捉蟋蟀,也如此刻捂住不放,手心里一样有东西在跳……

昨晚上,拉猪车翻路沟里,我没赶上。今天这算补课哩。

五

从城关镇人民医院出来,我迷迷糊糊觉得,自己正在向着一个接连不幸的路上走去。

重回到长途汽车站,排队,准备买下午仅一班的汽车票。看着线路停靠表上的站名,我眼前放亮了,开始想入非非,甚至斟酌见面后的细节……

终于,开窗售票了。我掏钱候着。咦,票价涨了。涨得虽不多,但钱不够了,差七角五分钱。脑袋嗡嗡响,心脏怦怦跳。我急忙离队,走向茶摊,掏出全身有价值的东西——九张面值八分的邮票、一斤二两地方粮票,当时约值八角六分钱——我苦苦哀求小贩阿姨行行好,兑换买汽车票的缺额七角五分钱。阿弥陀佛,成交!

买票。检票口拉开了,候车人齐刷刷站起,挤上去。

"这东西不给带的。"一个沙哑的声音说。

"师傅,俺一路都带来了。"

"买货票!"

我开始解释,"可是,钱……"这家伙很老练,两只布满红丝的眯眯眼只盯着不远处穿红花衣裳的大姐看,不跟我烦心。

幸亏另一位年近花甲的老服务员见我都快急哭了,悄悄从口袋里找出二角钱塞到我手里……上车前,我掏出仅剩的半包孬烟递给老师傅,他不要。

车开了,我流下了苦涩的泪。

六

到站,下车。一打听,这是公社站,离我要去的学校所在的大队站不算远,八里路,也有班车,也是上、下午各一趟,但要候到明天上午。于是乎,我就万般无奈地在这里坐下了。望"天"兴叹,望"路"兴叹……

终于,天无绝人之路。一位农村大姐拉着一辆小板车路过面前,车上放着一小捆干树枝。这如同天降救星。你猜我怎么着?嘿,我把行李放在车上,大姐也坐车上,我自愿拉车!车跑得呼呼叫,感觉一点也不累,一路上还有了说话的人。

转眼几里路下来,人家大姐到家了,可我还有一半的路程要走。怎么办?大姐说,你老弟就把行李放在这路边的农业代销店,我认识他们,你明天再借车来拉,没事的……

　　虽说是春暖时节,但我似一片与季节相悖的深秋落叶,在凛冽的寒风里飘呀飘……好在最终还是飘到了地方,一个魂牵梦萦的地方。

(1978年5月20日)

漫漫求索路　苦寒香自生

1953年，我出生在淮河岸边一个普通的工人家庭。我的父亲是一位老共产党员，年仅十几岁便跟着亲戚在码头上干活。父亲一生忠厚淳朴，吃苦耐劳，塑造了我们艰苦求索的不屈性格。

上小学时，我的学习成绩出类拔萃、志向勃发。不幸的是，1966年"文化大革命"开始时，我才读小学五年级。"停课闹革命"，使我们失去了正常的学习机会。

1970年，作为知识青年，我被下放到淮北平原一个叫霸王城的生产队插队落户。在面朝黄土背朝天、山芋干子就咸菜的日子里，我每每仰望星光璀璨的夜空，面对知青茅屋前默默流淌的石梁河水，吟诵着"路漫漫其修远兮，吾将上下而求索"的诗句，抒发不甘平庸人生的男儿壮怀。我自幼酷爱文学，在田间地头、柴垛灶前读书写作，如饥似渴，孜孜不倦。那时，农家屋檐下的小喇叭里会时不时播放我写的稿件，成为我抒唱人生的第一支短笛。

1972年12月，经贫下中农推荐，我应征入伍，到黑龙江省大庆油田当兵。当时，自然环境及部队条件较差，加上训练勤务相当紧张繁忙，是比较苦的。尤其是后来在连队担负露天采煤任务的两年时间里，工作三班倒,下矿回来还得训练,往往累得睁不开眼、爬不起床。就是这样,我常常眯盹一下,便一个人偷偷摸到茶水锅炉边,烤着火、就着亮写连队新闻稿;抑或夜晚在炕边借着窗外透进的星月之光,记录下脑海中闪现的亮点,以备写作之用……我所在的连队虽然只有我一个人写稿,但年年都被评为地方和部队宣传报道先进单位。我撰写的各类稿件,差不多每周都能刊登上地方党报。

1976年退伍回地方后,工作之余,我仍笔耕不辍,在报刊上发表文学作品和通讯报道稿件。作品曾被评为市级"好新闻"一等奖,个人多年被评为报社、广播电台优秀通讯员。

1993年,我在通过安徽大学法律专业半脱产大专班毕业考试后,顺利通过全国第五次律师资格考试。此后,我离开了企业政工师的工作岗位,开始走向社会,献身于崇高的律师职业。

多年来,我代理了大量的刑事、民事、经济、行政案件及非诉讼法律事务,足迹遍布大江南北、长城内外,获得了一定的社会好评。

1999年,我加入了中国致公党,成为参政党的一分子。在致公党组织的引导下,我的政治素质和业务水平得到了突飞猛进的提高,取得了令人欣慰的成果。

其中,令我难忘的是,我在多年担任几家出租汽车公司常年法律顾问期间,遇到了一个法律难题。在致公党市委会的支持下,我进行了深入调研。有关学术论文公开发表后,在法律界形成共识,为填补立法领域空白做了有益的探索。其主旨是:作为城市出租汽车联户组织的出租汽车公司,在交通事故损害赔偿案件中,应当承担何种责任?由于法律无明文规定,出现不同法院对相同的法律关系做出迥然不同的判决的情况。这种执法上的不严肃造成了公众对法律的误解,并且判决联户组织承担个体出租车主在营运中的损害赔偿责任,明显违背了我国的法律原则,有失公平公正。我为此撰写的论文《出租汽车联户组织的法律地位》,在《安徽律师》杂志刊出后,引起反响。后我参与的联名提出的《出租汽车联户服务公司不应承担个体车辆损害赔偿责任》的情况反映,也被省政协2000年第3期《社情民意》专稿刊用,引起政府和执法机关的重视。

1999年,我还做了交通事故损害赔偿问题的专题调研,在《安徽律师》上发表了题为《道路交通事故民事赔偿义务主体分析》的论文,并在全省律师实务研讨会上做了专题发言,受到好评。这篇论文,受到了法律同仁的认可。一些外地市、县的律师纷纷带着当事人上门研讨,聘请我代理案件。还记得我在阜阳地区某县参加一起交通事故庭审时,不仅审判大厅内座无虚席,且走廊里也被围得水泄不通。气氛之热烈,令我备受鼓舞。闭庭后,热心的听众把我团团围住,有的当事人还当场与我签订常年法律顾问和案件委托合同。

由于不断学习和深入钻研,我的一些具有前瞻性的理论见解,得到肯定和支持。例如,1998年10月10日20时30分,徐某某驾驶出租车在我市西市区道路上,将行人丁某撞至九级伤残。经《道路交通事故责任认定书》认定,徐某某负此次事故的全部责任。后因当事人各方对损害赔偿问题协商不果,伤者将驾驶员等作为被告诉讼至法院。我作为驾驶员徐某某的委托代理人,参与了该案的庭审活动,提出:受雇驾驶员在执行职务中致他人损害,根据损害后果及事故责任,受到相应刑事及行政处罚尚有法可依,但驾驶员对其职务行为不应当承担民事赔偿责任。经过辩论,审理法院采纳了我的观点,判决本案驾驶员对外不直接承担民事赔偿责任。

1999年9月,即该案宣判后的当月,安徽省高级人民法院编印下发了《关于审理损害赔偿案件的若干意见》。该意见第二十七条第1款明确规定:驾驶员在执行职务或雇佣劳动中发生交通事故,由负有责任的驾驶员所在单位或雇主、车辆所有人承担民事责任。我的先前观点,依此规定得到定位。

不畏权势,敢于碰硬,依法维护当事人的合法权益,体现着执业律师不屈不挠的刚毅性格。1999年下半年,我代理了一起当事人李某不服××县公安局罚款行为,提起行政诉讼的案件。起诉前,我去被告单位了解情况,试图调解解决,但阻力之大,难以想见。实出无奈,我在疏导当事人消除顾虑后,毅然将被告推上法庭。案件开庭前,被告提出了调解请求,主动撤销了原具体行政行为,退还原告缴纳的罚款五千元,并另外赔偿原告一千元损失,当庭赔礼道歉。原告表示谅解,案件圆满结束。该案在当地引起震动,群众反映说,他们目睹了法律面前人人平等的具体案例,受到了一次深刻的法治教育。

我认识到,作为执业律师,除应具备相应的业务水平外,还应树立高度的政治责任感,特别是要在维护社会安定团结方面努力做出自己的贡献。我曾代理一起外县农民减负案件,当事人起初为近百户农民,后经有关方面反复做工作,减为八十多户。诉讼前期,农户们放下生产,奔波忙碌,还曾几次进京上访。为此,县里几大班子做了大量工作,但效果仍不佳。我接受农民的委托后,一些农户还表示要开拖拉机集体上访。特别是邻近的县区农民也关注此案,大有效仿之意。经过深入调查了解,我向告状农户指出,作为原告方,敢于拿起法律武器,维护自身合法权益,捍卫法律尊严,是难能可贵的。从一定意义上讲,农户们也是在维护党和政府的形象，维护一方安定团结。但是，减负工作相当艰巨复杂，出现一些问题和薄弱环节也在所难免。我们应当看到，减轻农民负担，维护农民的合法权益，调动农民群众的生产积极性，是党在农村的一项基本政策。党中央、国务院历来十分重视做好减轻农民负担工作，并针对农民负担存在的问题，已经制定了一系列政策措施，并且取得了显著成效。我们应当珍惜来之不易的安定团结的大好局面，通过正当渠道反映问题，依法诉讼。大家决不能违法上访抑或做出有损一方安定的错事，应当相信法律会给农户们一个满意的答案。我一方面逐门逐户做思想工作，在田间地头与大家促膝谈心，宣讲法律，晓以利弊；另一方面积极与政府部门交流看法，协商解决问题的方案。功夫不负有心人，经过近半年的艰苦努力，告状农户撤回了诉讼，地方政府亦在法律规定的范围内对农户做了尽可能大的补偿，并且更改了相应的规定。告状农户笑逐颜开，消除了对立情绪，与地方政府的关系融洽了，生产积极性提高了，一方安定团结的局面得到了维护。作为办案律师，我感到了从未有过的欣慰。

通过办理此案，我深深感受到，高度的社会政治责任感，应当成为中国律师的重要特色之一。之后，我撰写了《律师代理农民减负案件之思考》的论文和《实行"证"、"卡"制度，加大对农村工作干部减负工作监督考察力度》的提案，后者作为致公党市委向市政协十届三次会议的第26号提案，得到了市农委的答复及肯定。

前些时候，我市一家重点骨干企业集团的扩建改造被市政府列为重点工程项目，但因拆迁安置几户居民的问题久久达不成协议，工程一再延迟，损失十分严重。这时，我接受了拆迁户的委托，参与案件处理。通过调查，我了解到被拆迁户原为下放回城居民。当年，为解决这些回城户的居住困难问题,有关部门曾协调安排其在淮河堤坝外空旷地带自建住房,但由于历史原因未办理相关的法律手续。现拆迁方主张不予安置补偿,被拆迁方因住房一旦被拆便无家可居而以死相争,双方水火不容,矛盾尖锐。本案通过诉讼解决并非不可,但考虑减轻当事人讼累和及时化解矛盾,同时保障重点工程项目尽早开工,减少经济损失等因素,我建议还是通过协商解决为妥。我一方面积极与拆迁部门协商,向政府机关反馈,提出意见建议;另一方面做被拆迁户的工作,引导他们在合理合法的范围内维护自身的权益。我投入了大量的时间和精力,终于破解了矛盾,化解了纠纷,使问题得到了双方都相对满意的处理。此后,在具体的迁建工作中,双方都一致要求我到场协调。

  提供法律援助,是律师的职责。多年以来,我积极主动为符合条件的当事人无偿提供法律上的帮助。记得一次在律师事务所,一位下岗女工向我哭诉其不幸的遭遇:不久前,她去单位领取下岗生活费时,被指责已经领过,有关人员出示她签名的工资单。纠纷发生以后,更令她万分困惑的是,单位竟然拿到了有关鉴定文书,还据此提出了诉讼。我经过分析,凭着律师职业的敏感,认为其中存在蹊跷,便接受委托,免费代理了案件。经申请法院重新委托鉴定,证明了该工资单上的签名并非本人所签。案件发生翻天覆地的变化,这位下岗女工的脸上又绽开了笑容。

  《蚌埠日报》记者对我进行了采访,在《人物专访》栏目发表了《为了那份社会责任——记致公党党员、律师武永军》的报道,对我做的工作予以肯定,使我受到鞭策。

  抚今追昔,感慨万千。当今社会在飞速发展,国家急需大量的栋梁之材。作为参政党的一分子,我深感任重道远,我将吟唱着少年时代熔铸在

心中的不朽诗句,义无反顾地走向未来:

　　路漫漫其修远兮,吾将上下而求索……

(2000年9月1日)

附 录

依法分割遗产　法官律师释法说理
彰显骨肉亲情　兄弟姐妹皆大欢喜

故事

一起貌似简单的案件。

笔者干律师已经好多个年头了，代理过的案件不胜枚举，却还没有哪个案件这么令笔者感触万千的。笔者的当事人是一位大姐，大姐的父亲是我市一位领导干部。当时老人家已入耄耋之年，退休后一直住在市政府早年分配给他的一套不足百平方米的旧房子里，该房之后参加了房改，于是成为老人家这辈子唯一的不动产。因年代久远，房子已破旧不堪。老人家的妻子已经过世，他们共有八个子女，其中长女已过世，育有一儿一女；四子亦过世，无儿女；其他六个子女，分散在全国各地。考虑到其他子女都有住房，唯有三女儿，即笔者的当事人至今无房，老人欲将这套住房过户给三女儿。由于方方面面的因素，家庭意见一时没有统一起来，故而心思未了，不能如愿。为解父忧，三女儿找律师来了。

乍一看这个案子简单，其实不然。本案涉及两个法律关系，一个是法定继承，一个是赠予。要走两个法定程序，加之当事人众多，且大多在外地，稍有磕碰，将费时费力又费财，困难重重难以预料。

一生坎坷的大姐

听着这位大姐的倾诉,笔者仔细端详了一下面前的这位当事人。她秀美适中的身材,白皙的皮肤,说话轻言慢语,举止文雅大方,给人一种亲近感。后来听说,她在上初中的时候,还被同学们称为校花呢。这些,都不由得使笔者想要和她多聊几句。

大姐虽说出身于领导干部家庭,却压根儿没享受过所谓高干子女的什么好处。"文革"后期,刚入碧玉之年的她,初中毕业就被下放到淮北地区的农村,过着面朝黄土背朝天的知青生活。及至三年后,通过当地贫下中农的一致推荐,大姐才被招工到当地一家大集体服装厂,做了一名缝纫机工。后来,她在当地结婚生子。生活虽然清贫,但大姐通过业余学习,取得了某函授大学汉语言文学专业的文凭,这是她一生中唯一值得骄傲的事情。

后来,在市场竞争大潮中,她所在的集体企业翻了船,倒闭了。可怜漂泊在外几十年的大姐,最终"少小离家老大回",回到了生养她的已然陌生的城市,来到了父母的身边。也许,身为领导干部的父亲,耄耋之年深感对游子的歉意,决意要以自己终身唯一的不动产——这套旧房子来弥补对女儿的欠缺,毕竟她在蚌埠还没有住房啊……

一世清贫的领导干部

怀着崇敬的心情,笔者随大姐拜见了这位前领导干部。

令笔者惊讶的是,老人家还是正宗名牌大学的研究生学历。至于其他方面,笔者也不想多占篇幅。当时现场所见的无非是旧房子、老式家具,以及简陋整洁的居室、朴素的衣着、平易近人的言谈举止等。老人家说,自己出身贫寒,受国家培养多年,一生也没什么特殊贡献,只是兢兢业业地工作,这都是应该做的。关于住房问题,退休后也没向政府提出过什么要求,如今希望把这套一辈子的唯一房产变更在三女儿名下,自己其他也就没什么需要特别安排与交代的了。

释法说理的好法官

经过反复斟酌,笔者选择了解决问题的基本方案,即先行诉前调解,商请没有争议或者争议较小的当事人达成一致,共同作为原告,然后共同委托笔者一人作为诉讼代理人,这样就省去了他们参与诉讼的麻烦。最后,仅列一人为被告,规划设计了一对一的诉讼模式。

开庭审理中,法官态度和蔼可亲,循循善诱,对当事人动之以亲情,晓之以法理,律师则着力做当事人调解工作,做出适当让步。终以补偿对方应得份额价款的方式,达成调解协议,共同确认涉案房屋归大姐一人所有,法庭当庭出具了民事调解书,下午就去市产权产籍处办理了过户手续。

欢欢喜喜一家亲

案件参与人的共同配合,使原本一场费时费力又费钱的可能是马拉松式的官司,一次庭审就成功调解结案,双方当事人皆大欢喜,笔者一颗久悬的心终于落了地。老人家更是喜笑颜开,拽着笔者的手久久不放。

夕阳西下,满天红彤彤。赶来庆贺的亲邻们挤在我们这位领导不大的旧房里谈笑风生,不亦乐乎。

说法

关于继承与赠予的法律关系

所谓法律关系,是指法律规范在调整人们的行为过程中所形成的权利和义务关系,是法律规范在现实生活中的体现。只有当人们按法律规范进行实际活动形成具体的权利义务时,才构成法律关系,它是现实社会关系的思想形成,其实质是经济关系的反映。法律关系的内容包括经济的、政治的、文化的以及家庭婚姻的等各种社会关系。具体说,法律关系由主体、客体和内容三个要素构成,是在法律规范调整社会关系的过程中形成的人们之间权利与义务的关系。

本案涉及两个法律关系。

其一是继承法律关系。

《中华人民共和国继承法》规定,公民私有财产的继承权是受法律保护的,私有财产包括所有个人合法财产,继承从被继承人死亡时开始,类型包括法定继承、遗嘱继承和遗赠。同时规定,夫妻在婚姻关系存续期间所得的共同所有的财产,除有约定的以外,如果分割遗产,应当先将共同所有的财产的一半分出为配偶所有,其余的为被继承人的遗产。

本案属于法定继承。其诉争的房产,系父母在婚姻关系存续期间的共同所有的财产,依法应当先将该财产的一半分出为现配偶即尚健在的父亲所有,将另一半确定为被继承人的遗产。法定继承按照下列顺序继承——第一顺序:配偶、子女、父母;第二顺序:兄弟姐妹、祖父母、外祖父母。继承开始后,由第一顺序继承人继承,第二顺序继承人不继承。没有第一顺序继承人,由第二顺序继承人继承。同时还规定,被继承人的子女先于被继承人死亡的,由被继承人的子女的晚辈直系血亲代位继承。代位继承人一般只能继承他的父亲或者母亲有权继承的财产的份额。同一顺序继承遗产的份额,一般应当均等。继承人应当本着互谅互让、和睦团结的精神,协商处理继承问题。协商不成的,可以向人民法院提起诉讼,法院将此类案件归结为继承纠纷,依法处理。

从以上摘要的涉及本案的法律条文中可以认定,本案法定继承分割的房产,只能是该房屋产权面积的一半,参与分配的继承人应当为父亲及八个子女。但因其中一子女先于被继承人去世,应由其两个子女代位继承一个份额,另一子女去世,且生前无子女,不参与继承。故本案被继承人可以继承的房产面积,应分割为八个等份,由上述继承人平均继承。

其二是赠予法律关系。

赠予,是指一方(赠予人)将自己所有的一定财产无偿地转移给对方(受赠人)所有的契约或合同。

《中华人民共和国民法通则》第七十一条规定:"财产所有权是指所有人依法对自己的财产享有占有、使用、收益和处分的权利。"

本案中,对涉案遗产八个等份的继承人来说,每一份额的权利人都有自由行使处分其应得相应等份的权利。当事人的诉讼目的,也就是将诉争的遗产统一归结在其中一人名下,从而以生效法律文书的形式完成确权,最后办理产权登记变更手续。

那么,不同法律关系的事由是不可以在同一起案件的诉讼中解决的,需要分别立案审理。法定继承纠纷案件,只应处理涉案继承的遗产范围。作为丧偶老人,意欲将其夫妻共同财产的一半以及继承去世配偶的遗产份额一并赠予其中一子女的目的,通过一份判决书是不能够实现的。本案就属于这种情况。

  为减少当事人的讼累,办案律师和法官多次充分协商,达成一致构想。即尽量通过调解,使当事人达成一致,最后以民事调解书的形式结案,做出确认,且不违背法律规定,这是最便捷的解决问题的方案。而本案最后也实现了这个最佳方案。

  掩卷思考:本案的顺利结案,得益于办案律师的担当与责任心、法官执法为民的出发点和释法说理的说服力,更是与全体涉案当事人通情达理、彰显骨肉亲情的胸怀密不可分。

打掉一个制售假牛肉团伙
惊破几多受雇佣民工梦魇

故事

舍弃老幼　江南打工

沱河岸边的一个村庄。刚过罢正月十五,村民志军和小芹两口子再三权衡后,毅然踏上了去江南某市打工的行程,忍痛留下了一双正在读小学的儿女和日渐衰老的爹娘。

那里的工作也不好找。开始,两口子贩菜,就是半夜爬起床,摸黑去近郊的蔬菜批发市场,兑点蔬菜,赶早去街巷小菜市,吆喝着卖,赚个差价。

这种营生,明摆着赚不了几个大钱的。然而,就是这样的日子也是好景不长。因城市改造、整顿市容的需要,当地取缔了露天菜市,建起了高档的室内菜场。进入这样的菜场经营,需要符合一定条件,获取资质,还要缴纳一笔不菲的费用。志军、小芹两口子犹豫不决,好生为难。

恰在此时,一个卖菜时认识的熟人,也就是他们未来的老板找到他们。这个老板自称其正在经营一项肉类半成品加工的活,生意很好,急需人手,想要雇佣他俩。讲好活不算累,每人每月固定工资五千元。

这真可谓久旱逢甘露,主雇一拍即合。

稳定工作　收入保障

这是位于当地惠山区的一处平房院落,有六间屋子和一个不小的院子。小两口"走马上任"的时候,已有四五个人正在忙忙碌碌地干活。看得出,这是一家肉类加工的作坊。

工作流程是,人们先将半扇半扇的冻猪肉投入院中一个大水泥池子里,用自来水浸泡化冻;化冻后将肉剁成四五斤重的大块进行腌制;腌制后再上大锅烧煮;烧煮到半熟时捞出淋干,然后称重,装入塑料袋。工艺不复杂,劳动强度也说不上大。丈夫志军被安排在第一道工序,比较出体力,有点像搬运工。妻子小芹负责称重、包装,活不累,但责任心要强。他们很快进入角色,活干得得心应手,老板也满意。

慢慢地,大家都熟悉了。时不时谁有个事啥的,打个招呼,也可以互相顶个班,帮帮忙。很快,志军和小芹就都熟悉了加工作坊里的所有工段的操作。也就是说,他俩已经掌握了老板这个作坊里的所有的秘密。

起初,志军、小芹也觉得诧异,想不明白,甚至有些后悔。转而一想,又舍不得这份稳定的工作和不菲的收入,毕竟俩人月入一万哩。

以假充真　助纣为虐

原来,这里是一处伪劣产品制售源。老板将廉价购进的老母猪冷冻片猪,通过解冻、腌制、烧煮等工序,加入化工原料卡拉胶、胭脂红、牛肉香精等添加剂,制作成假牛肉,以每公斤二十四元至三十二元不等的价格,批发给大菜场里的个体摊贩,然后加价零售给顾客。这形成了一条龙的作业,可谓有条不紊。老母猪肉按时送来,假牛肉天不亮就有人批发走。日复一日,四时更迭,顺风顺水。

志军、小芹两口子后来也见怪不怪,觉得干活挣钱,心安理得。他们幼稚地以为,猪肉冒充牛肉也能吃,又没有毒。再说是老板的生意,不关自己的事,就是天塌了,也该有老板顶着呢。

不仅如此,他们还应老板的要求,电话联系家乡的好朋友过来,一同干这个活,结果拉拢来三位老乡,自是一番高兴。

法网恢恢　疏而不漏

终于有一天,这里的黑幕被揭开。一批警察包围了加工作坊,从老板到伙计,十数人同时被带走。

随后两三天,又有包括提供母猪肉的老板和菜场零售摊经营的数人相继被抓捕或主动投案自首。至此,一个制售假牛肉的产供销团伙被彻底摧毁。当地媒体还作了报道,群众自是拍手称快。

案件经审理,法院认为:本案作坊老板用猪肉掺入添加剂做成假牛肉,冒充牛肉出售,属于生产、销售伪劣产品中的以假充真的行为。销售金额已达到二百万元以上,严重侵犯了国家对食品质量的管理制度和消费者的合法权益,具有严重的社会危害性。

提供母猪肉者,去加工作坊了解到他们是将猪肉加工成假牛肉出售后,仍持续大量、长期地提供母猪肉用以加工成假牛肉生产、销售,主观上形成了合意,客观上为他人生产、销售伪劣产品的行为积极提供原料上的支持和保障,在共同犯罪中起主要作用,是主犯。

受雇佣工人,对加工作坊用母猪肉经过加工工序变成牛肉的样子又当作牛肉卖是知情的,仍参与其中,且涉案销售金额之大,已构成犯罪。

菜场零售人员明知是假牛肉而出售,且销售金额之大,已构成犯罪。

法院依据各被告人参与生产、销售的金额及其他情节,对十数名被告人分别判处四年至十五年不等的刑期和罚金。其中,志军和小芹均被判处八年有期徒刑,并各处罚金人民币三十万元。

可惜这小两口子,舍弃年幼的儿女,远离衰老的爹娘,一门心思外出打工挣钱,还拐带着三位同村人,自出门后甚至一趟家也没回去过,却落得了这样凄惨的下场……

说法

《中华人民共和国刑法》第一百四十条规定:"生产者、销售者在产品中掺杂、掺假,以假充真,以次充好或者以不合格产品冒充合格产品,销售金额五万元以上不满二十万元的,处二年以下有期徒刑或者拘役,并处或者单处销售金额百分之五十以上二倍以下罚金;销售金额二十万元以上不满五十万元的,处二年以上七年以下有期徒刑,并处销售金额百分之五十以上二倍以下罚金;销售金额五十万元以上不满二百万元的,处七年以上有期徒刑,并处销售金额百分之五十以上二倍以下罚金;销售金额二百万元以上的,处十五年有期徒刑或者无期徒刑,并处销售金额百分之五十以上二倍以下罚金或者没收财产。"

《最高人民法院、最高人民检察院关于办理生产、销售伪劣商品刑事案件具体应用法律若干问题的解释》第一条第 2 款规定:"刑法第一百四十条规定的'以假充真',是指不具有某种使用性能的产品冒充具有该种使用性能的产品的行为。"

根据以上规定,生产、销售伪劣商品罪是指生产者、销售者违反质量管理法规,故意生产、销售各种伪劣商品,情节严重或者危害较大的行为。伪劣商品之伪劣,是指质量没有达到国家质量管理法规所规定的标准。本案中,各被告人以母猪肉加工伪造成牛肉生产、销售的行为,是典型的以假充真,其销售金额大,应依照法律规定的档次,分别量刑处罚,并处罚金或者没收财产。

通过这一案例,特别要提醒那些已经或者准备外出打工的人,一定要学习一些法律方面的知识,增强法制观念,以免糊里糊涂地陷入犯罪的深渊而悔恨终生。

好心帮忙　遭遇借钱不还人
非法拘禁　落得一朝陷囹圄

故事

借巨款　助彼脱窘境

　　山南村,依山傍水,柳槐成荫。几年前,在南方打工多年的陈忠带着生产儿童玩具的技术、销售渠道和不菲的资金,找到这个离家乡十多里地的风水宝地,建起了一座规模不大不小的工厂。经营之初,还算风调雨顺。后来,出现连年亏损,资金困难,以致濒临倒闭。曹姐是山南村人,与陈忠同龄,为人豪爽,平日与陈忠多有接触。在陈忠的求助下,曹姐一次又一次地帮助其筹措借款,甚至还动用儿子的住房作抵押,从银行贷出款来,再一分不赚地借给他,这真叫多事。

　　陈忠自是感激不尽。开始还按商定,定期偿还本息。后来,工厂停了产,陈忠再难见面,借款不再还不说,连句漂亮话也没有了。一问才知,原来其借曹姐的几笔钱,都用来偿还银行贷款或私人欠款的利息了。曹姐终于沉不住气了。要债,刻不容缓!

路漫漫　索债倍艰辛

俗话说,杀人偿命,欠债还钱,曹姐讨债原本无可非议。因债务人"只给米吃,不给面见",曹姐只能够电话联系。电话有时不通,有时不接,偶尔接通了也不管用,陈忠总以各种理由推托。曹姐可犯难啦,单单是那笔以儿子房屋作为抵押向银行贷款再借给陈忠的款子,每月就得四处筹款,按期支付银行七千多元的本息。有时,曹姐明察暗访,像侦探一样找到陈忠,就像捞到了救命稻草,唯一的办法就是紧紧咬住不放。你到哪,我去哪;你吃啥,我吃啥;你睡哪,我睡哪。在这种情况下,陈忠自是有家也不敢回,听天由命了。曹姐后来说,陈忠很狡猾,常常以方便为由逃跑,很无奈。他们睡过马路,睡过银行的自助取款室……

有几次,经中间人调和,他们达成过还款协议。但对陈忠来说,那只是做个样子,应个景,从没有兑现过。

房抵债　妻子不同意

不过这一次调解,让曹姐看到了希望之光。在包括村支书在内的多位当地有声望的人的热心参与下,曹姐与陈忠达成了一份具有实质意义的协议。协议约定,陈忠以其自有的一套住房,抵偿拖欠曹姐的全部百余万的借款本息,以此彻底终结双方的全部债权债务。

原以为万事大吉,没料到好事多磨。在准备去办理房屋产权变更手续前,被有关部门告知,他们双方签署的这份协议,必须由该套房屋的产权共有人即陈忠的妻子亲自签字认可才能生效。

于是,曹姐一把拽上陈忠,不由分说地去找其妻签字。谁知,其妻愣是不从。不同意不说,连个大门也不给开,免谈。倔强的曹姐控制着陈忠,一直在陈忠家门口等到下半夜月落。咋办?陈忠和曹姐商议:"我不跑,我跟你去你家,再慢慢劝我老婆回心转意。"谁知,陈忠至此走进了被拘禁数日的梦魇。

情急中　拘禁债务人

　　开始,曹姐对陈忠以礼相待,管吃管喝,并不刁难,总希望陈忠能够说服妻子,同意以房抵债,双方万事皆休。但一天两天过去,不见实质性进展,曹姐不耐烦起来,没有了好脸子,又担心陈忠溜之乎也,索性扣押了他的身份证和为数不多的零钱,对其严加看管了起来,没事不准陈忠离开居室半步。

　　这天,有人传来一条不好的消息,就是陈忠儿子本来在外地工作,听说这些事后,不但不积极化解矛盾,反而专程回乡将其母亲接到了外地,就是怕曹姐哪天闯上门,威逼其母在抵债协议上签字。这件事无疑惹怒了曹姐,她立逼陈忠给其儿子打电话,发出最后通牒。岂知,电话那头态度出奇地硬,还放出大话,威吓曹姐。真是怒从心头起,恶向胆边生,曹姐疯了似的一下扑向坐在沙发上的陈忠,劈头盖脸来了个全武行。打得累了,还不解气,又拎起竹篾子竿的苍蝇拍,一五一十数开来。陈忠一身单衣,被打得嗷嗷叫……

触法律　反成阶下囚

　　侦查卷宗里,陈忠儿子的询问笔录上载:我爸在电话中说,你们都不管我死活了吗?你们可知道我每天都过的啥日子?……我这才感觉问题严重了,决定打电话报警求救。之前,也知他们扣了我爸,但觉得熟人熟识不会有事的。

解救后,法医对陈忠伤情进行了鉴定,显示其体表多处淤血、青紫,构成轻微伤。

曹姐被关进了看守所。高墙铁窗之下,通过办案人员的训导,她认识到自己已经构成了刑事犯罪,这才痛哭流涕,后悔不已。她主动通过其辩护律师,向陈忠表示了深深的歉意,并让家人赔偿了陈忠的医疗费等经济损失。作为被害人陈忠,念在曹姐的悔罪诚意,亦感到自己欠债久不偿还的过错,出具了刑事谅解书,请求对曹姐从轻处罚。最后,法院以非法拘禁罪,判处曹姐一年半有期徒刑,缓期二年执行。

说法

《中华人民共和国民法通则》第八十四条规定,债是按照合同的约定或者法律的规定,在当事人之间产生的特定的权利和义务关系。享有权利的人是债权人,负有义务的人是债务人。

债权人有权要求债务人按照合同的约定或者依照法律的规定履行义务。

第九十条规定,合法的借贷关系受法律保护。

第一百零八条规定,债务应当清偿。暂时无力偿还的,经债权人同意,或者人民法院裁决,可以由债务人分期偿还。有能力偿还拒不偿还的,由人民法院判决强制偿还。

《中华人民共和国合同法》第一百九十六条规定,借款合同是借款人向贷款人借款,到期归还借款并支付利息的合同。

第二百零六条规定,借款人应当按照约定的期限返还借款。对借款期限没有约定或者约定不明确,依照本法第六十一条的规定仍不确定的,借款人可以随时返还;贷款人可以催告借款人在合理期限内返还。

第二百一十条规定,自然人之间的借款合同,自贷款人提供贷款时生效。

《最高人民法院关于审理民间借贷案件适用法律若干问题的规定》第二条规定,出借人向人民法院起诉时,应当提供借据、收据、欠条等债权凭证以及其他能够证明借贷法律关系存在的证据。

《中华人民共和国婚姻法》第四十一条规定,离婚时,原为夫妻共同生活的债务,应当共同偿还。共同财产不足清偿的,或财产以各自所有的,由双方协议清偿;协议不成时,由人民法院判决。

《中华人民共和国民事诉讼法》第一百条规定,人民法院对于可能因当事人一方的行为或者其他原因,使判决难以执行或者造成当事人其他损害的案件,根据对方当事人的申请,可以裁定对其财产进行保全,责令其作出一定行为或者禁止其作出一定行为;当事人没有提出申请的,人民法院在必要时也可以裁定采取保全措施。

根据上述法律规定,曹姐可以持相关债权凭证,向人民法院提起民事诉讼,并可以对陈某的房屋等财产申请诉讼保全或诉前保全,有效、快捷地实现自己的主张,维护其合法权益。

《中华人民共和国刑法》第二百三十八条规定,非法拘禁他人或者以其他方法非法剥夺他人人身自由的,处三年以下有期徒刑、拘役、管制或者剥夺政治权利。具有殴打、侮辱情节的,从重处罚。犯前款罪,致人重伤的,处三年以上十年以下有期徒刑;致人死亡的,处十年以上有期徒刑。

使用暴力致人伤残、死亡的,依照本法第二百三十四条、第二百三十二条的规定定罪处罚。

为索取债务非法扣押、拘禁他人的,依照前两款的规定处罚。

国家机关工作人员利用职权犯前三款罪的,依照前三款的规定从重处罚。

可见,人民法院对曹姐定罪量刑,是有法律明文规定的。

> 荆山欹崟　花开时节上演全武行
> 高墙萧瑟　落英缤纷痛彻慈母心

故事

神秘的荆山游客

你把殷红的朝霞,搂抱在如火的怀中;你用鲜花垒起的山峦,浸润着十里香风……一位诗人曾这样咏唱夏日里开满石榴花的荆山。

这天,临近日落,荆山上已经没有了游人。伴随山林中窸窸窣窣的声响和莺啼燕语般的人语,一群衣着鲜亮的十八九岁的美少女,簇拥着攀岩而上,在接近山顶的背处停下。喝水,喘息,散坐在一圈。这么晚了,山高林密,这群清一色的美少女,突然降临到这里,是要做什么?游山玩水,赏景抒情,恐不至于。神秘的荆山游客,实在叫人费猜费解……

林中传来打斗声

不消一刻,这里热闹了起来。争吵、训斥、怒骂、厮打,展开了一套全五行。双方对阵队员是五比一,可见力量悬殊。落单少女显然只有挨打的份儿,毫无招架之力。这阵势,先是拽头发、扯倒,轮番上去踢、踹。制服以后,便是边训斥边打耳光,左右开弓,换人上阵,边打边骂边吓唬,"信不信今天把你废掉"等等。

寂静的山林,传出一阵阵被害少女的呻吟,以及施暴者的狂叫、满足的笑声。天啊,不知何时是个头……

都是传话惹的祸

原来,今天这六名如花似玉的小姑娘都是关系不远的人,她们之间,有的是朋友,有的是朋友的朋友。芳龄不相上下,皆为花样年华。她们之中,最高学历只是初中毕业,还有二人小学肄业。说起工作单位,却没一人属于正规就业的。大家相识相处,话谈得来,所谓"物以类聚,人以群分"。

这不,悠闲晃荡,易生是非。姑娘里有一个叫小玉的,最近听说一件事。同伙告诉她,今天这个被整上山教训的女孩孟捷,小名小捷的,在小玉以前谈过恋爱的男朋友面前说她的坏话。小玉姑娘想想就气,下定决心要整一下子小捷。于是,一场报复行动悄然展开了。

她被挟持上了出租车

按照预定方案,小玉邀约到朋友四人。当天下午,分两组开始行动。一组直扑向小捷寄居的姑姑家,一组去了小捷男朋友工作的浴室。经过一番周折,手机那头传来情报,小捷被锁定在金水浴室。顿时,五位小姑娘就像一群小蝴蝶一样飞向目标。

初战告捷。五位小姑娘连哄带骗,连拉带推,把小捷缠定。出门喊了两辆出租车,一路疾驶,离开闹市,开往市郊。驾驶员按照姑娘们的要求,将出租车开到荆山脚下,她们又恳求司机再往上开一段,直到荆山小半腰的游客停车场才停下。她们拽下小捷,扯上山来。

这工夫,太阳就要落山了。荆山上全武行的剧幕,就此拉开了。

夜幕下的罪恶

言归正传,还接着说山上的事情。一群姑娘在四处无人之处,将"多嘴说坏话"的小捷肆无忌惮地殴打折磨好一阵子,骂也骂够了,打也打累了,劲没了,气也顺了。月出日落,满天星辰。有人提议,打道回府,众人称是。

本来,事情发展到此而止,应该是人散事了,问题不算大。姑娘们磨牙讲个闲话,打几巴掌,踢几脚,没造成刑法上的伤害程度,也只是民事纠纷,赔钱了事。

恰恰这时,突然其中一人抓住被害人小捷说:"你不能走,你得把我们来回的打车费报掉。"

小捷说:"我没有钱。"小玉指着她说:"你刚才往口袋里塞的是什么?"众人听后,一起围拢过来。七嘴八舌,又乱成一锅粥。"你不掏出来,我们上来搜。"当时,小捷已经被她们打怕了,双颊被众人的耳光扇得火辣辣的,还在阵阵作疼,哪里还敢反抗?瞬间,短裤口袋就被翻了个底朝天。清点一下,零钱整钱一共是四百六十块。五个姐妹们客客气气地把战利品粗略分了分。最后,还动了恻隐之心,特别给小捷留下二十元的回家路费。

人体损伤程度鉴定报告

法网恢恢,疏而不漏。公安机关接到报案后,迅速立案侦查。次日上午,便将五名犯罪嫌疑人收入网中,分别羁押在本市两个看守所内。办案人员收集固定了相关的犯罪证据,又对被害人小捷的人体损伤程度进行了法医鉴定。鉴定报告记载:患者在争执中被人打伤头、面部,腰部及四肢多处,左面部可见三处抓伤,约指甲大小,右手背外侧可见一处约2.0厘米×3.0厘米的青紫,双膝可见青紫,多处软组织挫伤,其中右腹部软组织挫伤面积达24平方厘米,损伤程度为轻微伤。被害人在当地县医院治疗五天后出院。

可怜天下慈母心

就是这样,只因子虚乌有的传话结下的仇隙,演绎了一场不该发生的悲剧。这场悲剧,导致被害人的身体多处受伤,精神上遭受了难以抹去的痛苦。另外,五个亭亭玉立、刚入花样年华的姑娘一夜之间沦为了阶下囚,被无情地投入高墙铁窗之下,实在令人扼腕叹息。

女儿是娘的心头肉,这话一点不假。这件因民事纠纷引发的抢劫刑事案件,导致五名年轻的姑娘一同入狱,牵动了五个家庭,撕裂了五位母亲的心。她们聚在一起,悲痛流泪,不能自已。她们深深地思念着高墙内的骨肉,担惊、害怕、悔恨……她们还四处打听被害人,商量着如何替女儿去赔礼、去认罪、去祈求原谅……真是可怜天下父母心啊。

正义判决敲响警钟

秋风瑟瑟,落叶缤纷。当收获的季节来临时,五位母亲知悉了人民法院的庄严判决。

刑事判决书载:被告人小玉在听到被害人孟捷在其前男友面前讲自己的坏话后,心生仇隙。其邀约另外四名被告人,经过精心策划,将被害人孟捷殴打至轻微伤。之后,五名被告人以付出租车费用的名义,将孟捷牛仔短裤右边口袋内的四百六十元钱抢走。

本院认为,五名被告人以暴力、威胁的手段抢劫他人钱财,其行为已构成抢劫罪。公诉机关指控的事实、罪名成立,适用法律正确。被告人当庭自愿认罪,具有酌定从轻处罚情节。因而,判处五名被告人三年零一个月至三年零两个月不等的有期徒刑,并判处罚金,追缴违法所得返还给被害人。

教训啊,这是一声响亮的警钟。

说法

《中华人民共和国刑法》第二百六十三条规定,以暴力、胁迫或者其他方法抢劫公私财物的,处三年以上十年以下有期徒刑,并处罚金;有下列情形之一的,处十年以上有期徒刑、无期徒刑或者死刑,并处罚金或者没收财产:

(一)入户抢劫的;

(二)在公共交通工具上抢劫的;

(三)抢劫银行或者其他金融机构的;

(四)多次抢劫或者抢劫数额巨大的；

(五)抢劫致人重伤、死亡的；

(六)冒充军警人员抢劫的；

(七)持枪抢劫的；

(八)抢劫军用物资或者抢险、救灾、救济物资的。

以上是《刑法》中关于抢劫罪的法律条文。抢劫罪,是一种严重刑事犯罪。是以非法占有为目的,使用暴力、胁迫或者其他方法,迫使公私财产所有人或者管理人当场交出财物或者当场把财物抢走的行为。暴力,是指采用捆绑、殴打、伤害及其他危及人身安全的强暴手段,使被害人不能抗拒而任其抢走财物。胁迫,是指以当场实行暴力及危及生命健康相威胁,使被害人在精神强制下不敢反抗,被迫交出财物或者听任将财物抢走。其他方法,是指用醉酒、药物麻醉之类的方法,使被害人丧失抗拒能力而任其将财物抢走。犯盗窃、诈骗、抢夺罪,为窝藏赃物、抗拒逮捕或毁灭证据而当场使用暴力或者当场使用暴力相威胁,也以本罪论处。

抢劫罪侵犯的法益,属于双重法益,即公民的生命健康权和财产权。因为对于犯罪嫌疑人来说,其根本目的,是要抢劫财物,侵犯身体权利是手段。无论犯罪嫌疑人是否取得财物,也无论被抢劫物价值的大小,只要是以非法占有为目的,并当场采取暴力或暴力相威胁或其他方法,就构成抢劫罪。本罪的主体为一般主体,即年满14周岁并具有刑事责任能力的自然人,均能构成犯罪主体。

本案中,几名被告人开始并没有预谋抢劫被害人财物,只是想"教训"她一下,结果致其轻微伤,尚不够刑法处罚。同时,因在犯罪发展过程中,低程度行为为高程度行为所吸收而失去意义,只按高程度行为定罪,所以定为抢劫罪。至于所抢劫财物价值大小,不影响罪名成立。而抢劫犯罪是重罪,《刑法》规定三年起刑。各被告人均无法定减轻情节,因此,人民法院对本案的量刑是正确和适度的。

> 遇拆迁一夜暴富　得来全不费功夫
> 入迷途沧海桑田　财尽人散铁窗苦

故事

人勤春早　幸福家庭

《西厢记》的故事是大家都熟知的,说的是张生和崔莺莺这一对才子佳人的爱情佳话。二人在普救寺一见钟情,私订终身,无奈岳母大人嫌贫爱富,倍加阻挠,逼迫张生进京赶考。赢得功名后,俩人最终才喜结连理。

今天,我们要讲的故事,亦与之相仿。主人公李军是本市近郊农村的一位壮小伙子。前些年辍学去南方打工,初在某餐饮企业干保安。有缘与饭店的服务员孟花结识,一来二去摩擦出了爱情的火花。女方父母开始也是不太情愿。李军并不气馁,毅然报名参加厨师技能培训学习,刻苦钻研烹饪技能,成功获得劳动保障部门颁发的国家职业资格中式烹饪二级资格证书。后李军被当地餐饮企业聘用,月薪有七八千元。

人勤春来早,有志之人终于一朝抱得美人归。昔日打工仔,娶回个漂亮新娘,荣归故里,又修宅扩院,在当地一时传为佳话。

李军将孟花在村中安顿妥当,自己仍旧去工作单位上班。后来,孟花为李家添了个大胖小子。小家伙转眼之间长大,已上小学。一家人幸福美满的境状自不待细说。

政府拆迁　巨款天降

星移斗转,随着城镇化进程的加快,李军所在村庄被划入了政府征地拆迁的范围。于是,李军请了长假,回家处置。

地方政府为加强农村集体土地征收拆迁补偿安置管理,维护被拆迁人的合法权益,保障建设顺利进行,依据相关法律、法规规定,结合本地实际,制定了相关文件和征收拆迁补偿安置标准。其中,征收农民集体土地,按照被征收土地的原用途给予补偿;土地补偿费和安置补偿费按照省级人民政府统一发布的标准执行;安置补偿费、青苗补偿费、土地补偿费的70%部分补偿给被征地农民;拆迁农民房屋,按照房屋类型、持有证照状况等综合因素予以补偿,征地拆迁的公民房屋采取产权调换和货币安置以及上述两种方式相结合的安置方式。

通过一系列的工作程序,李军户一家三口,通过产权调换的方式,共获得新建安置房两处,各种补偿款计两百七十余万元。房屋分配在配套设施完善、环境优雅的小区里,补偿金也很快全部到账。这真可谓喜从天降。对世代面朝黄土背朝天、刨土坷垃头子的乡下人来讲,不但没见过,甚至连想都不敢想的事竟然瞬间发生了。一切的一切,令李军晕晕乎乎,不知所措了。

富不思勤　贪图享乐

南方饭店老板因李军已然几个月没去上班,不得已换了人手,解除了与李军的雇佣关系。李军思前想后，觉得有这样一笔拆迁补偿款，没必要再外出打工，去遭那份子罪。乐得在家歇息，享受天伦之乐。

开始，妻子孟花和乡邻们都劝李军利用这些钱和其精湛的厨艺，自己开一家特色饭店，岂不大美？李军似乎也为此忙活了一阵子，谁也说不清啥原因，开饭店一事就一直没成。

李军仗着自己"家里有粮，心中不慌"，吃喝玩乐图个快活，整天也没正事干。渐渐地，李军结识了一帮当地不务正业的小混混，三五成群、喝酒闹事，越发学得坏了。妻子孟花每每好言相劝，反遭其辱，甚至遭受殴打。对此，孟花只能以泪洗面，忍辱度日。虑及孩子幼小，家庭尚需维持等，总希望丈夫一朝悔悟。

染上恶习　嗜赌成癖

不知从哪天起，李军染上了赌博的恶习。人家是小打小敲，他觉得不过瘾，一上来就玩大的。附近没人跟他玩，但他有套路。骑着摩托车，轰轰地一溜烟，找他的赌友去了。妻子孟花只能望"夫"兴叹！

直到有一次，李军头晚出去，直到次日下午都没回。孟花却接到了邻乡派出所打来的电话，被告知李军因参与聚众赌博，被处以 10 天治安拘留。

从行政拘留所出来，李军人瘦了一圈，两眼呆滞，狼狈不堪。通过这一次，他似乎接受了些教训，好了一大阵子，没再去参赌。谁知，正当李军有所收敛时，昔日的赌友竟然找上门来。干啥？讨债。人人都知晓，自古赌博没有赢家，谁也没听说哪人因赌博发家致富的，只有败家的。这不，妻子孟花这才知道，一年多的时间，李军不但把二百多万元的拆迁补偿款输个精光,还欠下了不菲的赌债。这样的日子还让人活吗?

可怜的孟花,在万般无奈之下,带着孩子去了娘家。李军索性横下心来,重归梦魇,卖了一套房,照死赌下去。法网恢恢,疏而不漏。终于,因涉嫌赌博罪,李军等人被公安机关立案侦查,等待他的,必将是正义的审判和高墙铁窗下的劳改生活。

妻离子散　人财两空

唐朝诗人白居易写过一首诗,名叫《花非花》。诗曰"花非花,雾非雾。夜半来,天明去。来如春梦几多时?去似朝云无觅处"。这是首禅词,讲的是外部世界物的外化,不过是过眼云烟,来无影去无踪,转瞬即逝。可怜的李军,当初用自己勤劳的双手,开拓出一条美好的人生道路,组建了美满幸福的小家庭。可惜,当拆迁补偿安置巨款从天而降时,好事却变成了坏事。从思想蜕变、贪图享乐、不务正业到违法犯罪,他沿着一条黑暗的道路,一步步滑向深渊,实在是令人扼腕叹息!

近年来,妻子孟花挨打受骂,忍辱负重,一而再再而三地对李军进行劝阻,无奈千呼万唤,浪子就是不回头。如今,人在铁窗下,钱财皆输尽。好端端的一个家已然支离破碎,再难破镜重圆。孟花在李军刑案审理之前,提起了离婚民事诉讼。法官去看守所征求了李军的意见。李军表示同意解除婚姻关系,儿子由原告抚养,剩下的唯一一套拆迁安置房归原告所有。法院依法出具了《民事调解书》,进行了确认。

说法

《中华人民共和国治安管理处罚法》第七十条规定:"以营利为目的,为赌博提供条件的,或者参与赌博赌资较大的,处五日以下拘留或者五百元以下罚款;情节严重的,处十日以上十五日以下拘留,并处五百元以上三千元以下罚款。"

《中华人民共和国刑法》第三百零三条规定:"以营利为目的,聚众赌博或者以赌博为业的,处三年以下有期徒刑、拘役或者管制,并处罚金。开设赌场的,处三年以下有期徒刑、拘役或者管制,并处罚金;情节严重的,处三年以下十年以上有期徒刑,并处罚金。"

《最高人民法院、最高人民检察院关于办理赌博刑事案件具体应用法律若干问题的解释》第一条规定:"以营利为目的,有下列情形之一的,属于刑法第三百零六条规定的"聚众赌博":

(一)组织3人以上赌博,抽头渔利数额累计达到5000元以上的;

(二)组织3人以上赌博,赌资数额累计达到5万元以上的;

(三)组织3人以上赌博,参赌人数累计达到20人以上的;

(四)组织中华人民共和国公民10人以上赴境外赌博,从中收取回扣、介绍费的。

第九条规定:"不以营利为目的,进行带有少量财物输赢的娱乐活动,以及提供棋牌室等娱乐场所只收取正常的场所和服务费用的经营行为等,不以赌博论处。"

根据以上规定,追究赌博行为法律责任,是以其规模、参赌人员和涉赌数额为情节依据,分别给予治安处罚和刑事处罚。

此外，关于本案涉及的婚姻法律关系，现行法律的规定是：

《中华人民共和国婚姻法》第三十二条规定：男女一方要求离婚的，可由有关部门进行调解或直接向人民法院提出离婚诉讼。人民法院审理离婚案件，应当进行调解；如感情确已破裂，调解无效，应准予离婚。

有下列情形之一，调解无效的，应准予离婚：

（一）重婚或有配偶者与他人同居的；

（二）实施家庭暴力或虐待、遗弃家庭成员的；

（三）有赌博、吸毒等恶习屡教不改的；

（四）因感情不合分居满两年的；

（五）其他导致夫妻感情破裂的情形。

一方被宣告失踪，另一方提出离婚诉讼的，应准予离婚。

第三十六条规定：父母与子女间的关系，不因父母离婚而消除。离婚后，子女无论由父或母直接抚养，仍是父母双方的子女。

离婚后，父母对于子女仍有抚养和教育的权利和义务。

离婚后，哺乳期内的子女，以随哺乳的母亲抚养为原则。哺乳期后的子女，如双方因抚养问题发生争执不能达成协议时，由人民法院根据子女的权益和双方的具体情况判决。

第三十九条规定：离婚时，夫妻的共同财产由双方协议处理；协议不成时，由人民法院根据财产的具体情况，照顾子女和女方权益的原则判决。

本案中，双方经人民法院调解离婚，并就子女抚养和财产分割达成协议，不违背法律规定，应予以确认。